山路恒人句文集

バベの木物語

—川柳句集八十路坂—

新葉館出版

はじめに

香川県西部の川柳会誌、月刊『川柳たかせ』に自作随筆をときどき載せている。それを後日読み返してみると、時代背景などが懐かしい。最近三年ほど連載した郷土史随想「バベの木物語」は激動の昭和時代を生きた一人の男の思い出話。

戦前、戦後そして復興、経済成長期の農村の動きや下積み生活が長い昭和一桁男の哀歓を綴った。

川柳友達だけでなく広く一般の方々に読んで頂けたら幸いである。

山路　恒人

山路恒人句文集

ババの木物語

―川柳句集八十路坂―

郷土史随想
ババの木物語

『川柳たかせ』に平成21年～23年まで連載

1

ババの木と私

香川県三豊市役所正面玄関の横に一本のババベ（姥女樫《うばめがし》）の木がある。

幹回りは六十センチ（ババベの木としては太い方）、根元からちょっと上で二股になり、それぞれ高さ三メートルほど。枝は左右に出ているが、元気なのもそうでないのもあり、見るからに老木。

樹齢は推定百二十年、明治、大正、昭和、平成の世を見続けている。

この木は元々二ノ宮村役場の中庭にあったのを、高瀬町役場新築のときその東側へ移植され、そこで二十余年経て後、道路向こうの煙草収納所空地に移され、更にまた此処へ植え変えられたのである。

私は二ノ宮村役場で十年、高瀬町職員二十九年、三豊電子計算センター五年、更に瀬戸内短大にも二年近く勤めた。

二ノ宮村役場で世話をした木が私と似たような経過をたどり、今、此処にこうして生きているのは不思議であり、愛しいとも思う。

平成二年春、私は瀬戸内短期大学の事務所にいた。

三階の窓の外に、煙草収納所の大屋根があったが、ある日それが取り除かれ、向こうに高瀬町役場の白い建物が見え、それもすぐ取り壊された。

三十年近く勤めた役場があっけなく壊される様子は目に滲みた。撤去した建物の後ろには、既に大きくてモダンな新庁舎が出来ており、「ババ」や「ソテツ」なども移し変えられていた。

高瀬町は昭和三十年三月三十一日、麻・二ノ宮・勝間・上高瀬・比地二の五ヵ村が合併して出来た。

町役場庁舎の竣工式は昭和三十一年一月四日、御用始めも同時だったので、私は新調の背広を着て出席した。黒っぽいウールの三つ揃、それがなんと塗り立ての壁に触ってしまい、左肩に白いペンキがべっとり付着、洗ってもこすっても落ちず二度と着られなくなった。

二ノ宮村役場から運んで来たババの木は、農地を埋め立てた土地に植えられたので良く育ち、毎年の剪定で姿も美しく整った。

昭和五十五年頃、無線放送室を増築するため、そこにあったババの木は道路向こうの煙草収納所空き地に仮植えされた。私は役場で事務を執りながら、窓越しにその移植作業を見ていた。

その年の夏はひどい旱魃だった。浅植えのババの木は大丈夫だろうか、心配になり、夕方ホースを引っ張り水をたっぷり掛けてやった。十日程続けた。スーパーマルナカが開店して沢山の人が側を通る、節水をやかましく言っている折柄、放水を見られるのはマズイのだが仕方がない。

翌年春、新芽が出てほっとしたが、今度はその若葉に毛虫がうじゃうじゃと湧き、危くなったので農薬を撒布、なんとか助けることが出来た。

◇

専売局葉煙草収納所が賑わったのは、毎年晩秋の頃、乾燥葉たばこの収納時である。鑑定士が調子よく声を上げ、一等、二等、三等と判定する。一等は特に値が高いので順番待ちの皆がどよめく。葉たばこ作りは農家の最大の収入源だった。

冬の温床管理、育苗、春は畑への定植、夏の芽かぎ花摘み、そして真夏の葉もぎ、ヤニでべとつく衣服のまま、摘んできた葉をすぐに連縄に挟せ、乾燥室へ吊り込み、三日三晩を寝ずの番で窯焚き、温度調整も大事。決め手は干し上がった葉の色合い、透き通るような黄色が上等、茶色は下、一枚一枚選別し広げて重ね、束ね菰で包んで収納の日を待つ。

対価はたばこ耕作組合を通じて支払われ、一年間の苦労が報われる。

しかし余りの重労働だから次第に耕作者が減り、収納所も縮小、移転した。残った土地建物は高瀬町に払い下げられ、今は三豊市役所駐車場になっている。

三豊市は平成十八年一月一日、高瀬・三野・詫間・仁尾・豊中・山本・財田の七町合併で発足。高瀬庁舎は一年後に三豊市役所本庁となった。

2

小学校入学
――日中戦争

「ここが役場やで、うちの兄さんが行きよるんや」

小学校からの帰りにヤノ君が教えてくれて、私は「ヤクバ」という名を初めて知った。

二ノ宮村役場は県道沿いの石垣（高さ一・五メートル程）の上にあった。木造・平屋・瓦葺き。斜め前に警鐘台という高い鉄塔が立っていた（鉄塔は戦時中に国へ供出された）。

二年生になって友達も増え、役場周辺はよい遊び場になった。石垣から飛び降りたり、警鐘台に登って叱られたり戦争ゴッコで走り廻ったりした。

戦争が始まって以来、講堂でよく映画会があり、日本兵が勇ましく戦っている様子が映写されたので子どもたちはそれを真似て遊んだのだ。

三年生のある日、仲良しのナイキさんに誘われ、役場の裏口から中庭に入り、そこの十坪ほどの堀で金魚を釣って遊んだ。中庭に植木が四・五本。それが何の木かは知らなかったが、運命とは不思議なもの、それから五年後に私は役場の職員になり、中庭の木の世話をするようになったのである。

その中庭の木――ババの木が、いま、三豊市役所の玄関横に植わっている。市役所の前を通るたびに眺め、元気そうだなと安心する。

◇

私は三月生まれ、六歳になって間もない昭和十二年春、二ノ宮小学校に入った。その年七月支那事変（日中戦争）が起き、世の中が傾きはじめた。紙で日の丸の旗を作り、それを振って出征兵士を見送った。二キロ離れた羽方の大水上神社までみんな一緒に歩いて行き、武運長久を祈った。

当時、一年男子組担任のオノ先生は師範学校を出たばかりの奇麗でやさしい人だった。最初の授業は校庭の桜の下で「これは花びら、一枚、二枚、・・・全部で五枚、これはメシベ、これがオシベ、これはガク・・・」。国語(サイタサイタサクラガサイタ)、算術、理科、の基本をそれとなく教えてくれた訳だ。入学したばかりの不安を和らげ、先生と生徒の心を近づけた。

チビの私は教室の一番前の机、授業をまじめに聞いたせいか、通信簿は親が驚く程の良い成績だった。学校が楽しかった。

だが、二年生の始業式にオノ先生が居ない。もう辞めたのだという。好きだった男先生が兵隊に行くことになり、急にお嫁に行ったのだと…。

代わりの先生は授業が下手、生徒はみんな不満でいつもザワついた。二年男子組は学校中で一番騒がしいと、校長先生に叱られた。それから私は勉強嫌いになった。

3

国民学校――太平洋戦争

「勝ってくるぞと勇ましく・・・・」出征兵士を送る歌が今日も聞こえる。日中戦争が始まってすでに三年目、若者は次々と戦場へ送り出された。国威発揚の行事もいろいろ進められた。

昭和十五年（小学四年）

紀元二千六百年記念の「大東亜博覧会」が我が二ノ宮小学校で開かれた。アジア諸国（満州・支那・仏印・ビルマ等々）から子どもたちの絵画や書を集め、学校中に貼り巡らされた。私の水彩画も選ばれて一緒に貼り出された。絵は校内で三人だけなので嬉しかった。

この博覧会を視察に「貴族院議長　松平頼寿伯爵」が来られ、私たちは講堂で正座してお話を聞いた。来賓紹介した高木大吉校長の晴れやかな笑顔も目に残っている。

私たちの担任、岡根先生(後の香川大学教授)は唱歌が得意、女性の青野先生も美声、式典で〝君が代〟斉唱のときリードを交替でしていた。学校にグランドピアノがあり、同級生の渡辺君はそれを弾いた。自宅にもピアノがあったそうな。

昭和十六年(五年生)

小学校は「国民学校」と改称され、戦時教育が推進された。

十二月、大東亜戦争(太平洋戦争)開戦、日本は、米、英、仏、蘭などの大国を相手に戦い、勝ち進み、二ヵ月余りでシンガポールを陥落させた。国民は無敵日本を誇り、そして耐乏生活に甘んじた。

昭和十七年(六年生)

二学期のある日突然、担任の島田先生が「修学旅行は十月に行く」と言う。予定は春三月だが、時局柄禁止が予想されるので繰り上げて早めに行くことにした、と。我が家は貧乏だからどうせ駄目だろうと思ったが、母が、「お金は何とかしてやるから行け」と言ってくれた。参加者は男女とも半数以下だった。

修学旅行の行き先は大阪城、京都御所、奈良の大仏など名所旧跡だが、伊勢神宮（天照大神）、橿原神宮（神武天皇）、伏見桃山御陵（明治天皇）へも行ったのは、あの時代ならではのことだろう。

もう一つ忘れないのは京都大学へ行ったこと。出発の前日、我が家の畑で〝さつまいも〟を掘り大きめのを一つ、ねば土を束子でこすり落とし紙にくるんで、自分用の米の袋と一緒に鞄に入れた。

京大医学部の高井博士は、先の夏休みに「無医村診療班」を連れて、二ノ宮村の診療所で住民診療をしてくれた。そのお礼に参上したのである。高井先生の案内で大学構内を見、ビルの屋上から京都市街を見渡した。

みんなが持って行った〝いも〟を差し上げたが、私のは束子でこすったあとが真っ黒になっていて恥ずかしかった。でも高井先生は大変喜んでくれた。思えば当時は食糧統制が厳しく、米穀はもちろん、芋類の持ち運びも禁じられていたのだ。

◇

昭和十七年十一月、海軍兵の兄が戦死した。公報には「北太平洋方面に於いて戦死」とのみ。詳しくは海軍の機密だからと教えてくれなかった。遺骨を迎えに父と母が長崎の海兵団まで行った。

数日後、小学校の講堂で「村葬」が荘厳に行われた。海軍の偉い人が何人も来た。花で飾った祭壇の中央に白い制服姿の兄の遺影。私達家族は前の方の遺族席。うしろは小学生、婦人会、在郷軍人会など村人多数。

大勢の僧侶の長い読経や何人もの弔辞に続いて「海行かば」の合唱があり、低く重い歌声とすすり泣きがしばらく聞こえた。

〈海行かば水漬く屍　山行かば草むす屍
大君の辺にこそ死なめ　顧みはせじ〉

海軍儀礼式歌（万葉集・大伴家持　作）

4 高等科時代

昭和十八年四月、国民学校高等科へ（十二歳）。

この頃にはゲートルを着用した。ゲートルとは巻脚絆のこと、幅十センチ、長さ一メートル半ほどの布を足首から巻き上げてズボンの裾を固定する。陸軍の兵隊と同じ格好だ。緩いとずれるのできつく締めながら巻く。同時に気持ちも引き締めた。

高等科の教室は男女合同、多人数で混み合った。担任の先生は軍隊上がりの大北先生。授業も軍隊調。声高でよく怒鳴る。竹の鞭で生徒を叩く、白墨を折って顔にぶっつける。女子はみんな怖がっていた。

先生の得意教科は教練。二メートル位の棒で「銃剣術」の稽古をするのだが、身体の小さい私等はじきにへたばった。

農業実習が多かった。校外の実習田で稲を植え、畑を耕して甘藷を作り、校庭を掘り起こして大豆を蒔いた。

道端の草を刈って干し草を作るのも我らの仕事。干し草は軍馬の飼料。軍馬は善通寺の陸軍師団に居た。二ノ宮村を縦断する県道善通寺大野原線は紀伊村（現観音寺市内）の陸軍演習場へ通じているから、兵隊や馬がよく通った。何十頭もの馬の行進は見ものだった。訓練か、単なる移動か、手綱を引いて歩く兵士の背中は汗で濡れていた。

昭和十九年二月、同級生が二人「満蒙開拓青少年義勇軍」に入り満州（現中国東北部）へ渡った。
◇
昭和十九年四月、高等科二年（十三歳）。

担任は今年も大北先生、相変わらず口が重いが、もうあまり怒鳴らない。生徒が減ったせいかも知れない。先生も生徒も毎日のように農作業。学校の田畑だけでなく、出征兵士留守宅の仕事までも引受けていた。

畑を耕すときは先生が自ら鍬を振り、生徒は黙って見習った。先生が「お国のために」一生懸命だったことに次第に感化されていた。

地拵えのときは「マナブくん」の出番。彼は父親が戦死、母親と二人で広い田畑を守っていた。牛を使っての田起こしや代掻きも出来るのだ。「ホッセホッセ、チャイチャイ、ボーボー」と牛に声を掛けながら牛鍬を上手に使う姿は健気だった。

二学期中頃、同級生三人が国鉄の教習生に。学校のそばの龍源寺の住職さんが徴用で上高瀬駅(現高瀬駅)の助役になっていたのでその縁故(もちろん先生の配慮で)。後に一人は機関士に、一人は車掌に、一人は宇高連絡船のボーイになった。

農家の跡継ぎ四、五人が榎井（琴平町）の「農兵隊」に入った。家で農業をしながらイザというときは敵と戦う民兵なのだ。ところがその訓練所から「出席が悪い」と学校へ文句が来て先生は困っていた。

十二月、兵役と徴用で村中が人手不足。まだ仕事の決まっていない男子生徒は全員、冬休みに「瀬丸池」の底渫え工事に動員されることになった。二年前に隣村で一の谷池の決壊騒ぎがあって以来、瀬丸池も洪水が心配されていたのだ。湿った泥土をモッコに乗せて担ぐキツイ仕事らしい。

身体が小さくて労働に向かない私を大北先生が心配して「村役場へ入れ」と勧めてくれた。親たちも「役場なら充分食べられるぞ」と言う。

食糧不足のひどい時代だったから逃げようもない。

私は高等科を卒業したら師範学校へ行くつもりだったが、非常時で進学どころか、高等科の卒業さえもどうなるか分からない。望みは消えた。

かくて私は、誰よりも低学歴のまま世の中へ出ることになった。

5

二ノ宮村役場

昭和二十年一月

何人も兵隊にとられて村役場も人手不足。まだ十三歳の私が雇われ、ペダルに足が届きかねる自転車で走り使いをした。

古い自転車はよく傷む、すぐにパンクする。役場の近くで伯父が自転車屋をしていたので、道具を借り、自分でパンクを貼りブレーキを締直し、油を差しながら乗った。

当時の二ノ宮村役場には、酒井村長、宮崎助役、高木収入役、兵事係の矢野さん、他に男性職員二人、女性職員五人、保健婦の山路さん、そして給仕のおばさんが居た。

酒井近治村長は謹厳実直型。宮崎富治郎助役はユーモア型、ときどき気の利いた冗談で周囲を和ませ、郷土俚謡を作って見せてくれたりした。

「讃岐二ノ宮小池の名所ざっと数えて千二百」

（二ノ宮村は丘陵地で谷間が多く、小さな池や田圃が沢山、村の特徴をうまく表現している。）


兵事係は徴兵検査、召集令状、戦死公報などの重い仕事。

徴兵検査は日本人男子が二十歳になれば必ず受けねばならない、兵役に適するかどうか知力体力の検査。身体検査はフンドシだけの裸で一列に並んで受ける。特に性病検査が厳しかったそうだ。

配給係は、米の配給通帳、衣料切符、住民異動届等、この頃は都会からの戦時疎開者で出入りが多く煩雑だった。

勧業係の仕事で忙しいのは「つきものの証明」。農家が自家保有米を精米所へ搗きに行くときは「保有米である」という役場の証明書が要る、無ければ闇米とみなされ没収される。係は農家毎の保有米台帳に（搗いた量）を厳格に記録していた。

衛生係も大変だ。二ノ宮村ではかつて赤痢が大流行、医療費が村の財政にひびいたという。それ以来、衛生思想の普及に力を入れているが、毎年のように赤痢やチフスが発生していた。

私は小さい頃、岡の上の伝染病隔離病舎の側を通るときは鼻をつまんで走ったが、今度は役場の仕事で隔離病舎へ出入りすることになった。

この年三月十日に東京大空襲、続いて名古屋、大阪、神戸さらに地方都市も次々空襲で焼かれた。

昭和二十年四月

村役場に正式採用された(十四歳)。

毎日が非常事態なので、勤務時間は一日中。休日はほとんどない。空襲警報にそなえて先輩と二人、毎晩宿直した。警察から電話が来ると、まず警戒警報のサイレンを鳴らす。次に空襲警報、しばらくして解除のサイレンを鳴らし一応ほっとするが、油断は出来ない。警報より先にアメリカのB29型爆撃機が飛んできたこともある。

（こんな田舎に爆弾を落とすことはあるまいと思っていたら、近くの比地二村の鉄道踏切で、住民が米機に狙撃されたという話を聞いた。）

役場の前庭に防空壕が掘られていた。敵機に爆撃されたとき重要書類を守るところだ。大事な書類の戸棚には赤い字で「非常持出」と書いてあった。

二ノ宮村は広い、東の西股部落から西の白坂部落まで直線で六キロメートル以上、凸凹の地形だから坂や曲がり道も多い。村中二十八部落の常会長へ通知を届けるにはまる一日かかった。

昭和二十年七月

赤紙（召集令状）を届けるために、暗い夜道を自転車で走った。灯火管制下でどこの家も明かりを出していない。もちろん自転車にライトなど無い。かねてから知っている道だから闇を透かして見当をつけながら走った。

大水上神社境内の昼でも暗い茂みの道を、夢中で突っ走った。

当時は今のような迂回路は無く、神社の森を抜け出た先の集落を通り越し、更に奥の坂道を自転車を押して歩いた。

辿り着いたAさんの家も暗かった。戸を開け放し蚊帳の中で寝ていたようだ。出て来た中年の男性は、何も言わず赤紙を受け取り、ハンを押してくれた。（たぶん二度目の召集で、その覚悟もしていたのだろう。）

私は意外にあっけなく大事な役目を果たせて、安心したが、あとでAさんが気の毒になった。近ごろは以前のように出征兵士を賑やかに送ることはしない。こっそりと出て行く。仕事の片付けも家族の暮らしの段取りをする時間もない。


――戦争はどうなるのだろうか。

足取り重く暗い夜道を引き返した。

6 終戦の時

昭和二十年八月十五日

真夏の太陽がギラギラ照りつけていた正午過ぎ、私が役場へ戻ったら七、八人いた職員みんなの様子がおかしい。弁当を机に置いたまま黙り込んでいる。

「どうしたんな」

と聞いたら、ためらいながら声をひそめて

「先ほど、ラジオで天皇陛下の声が放送された」

「雑音が高くて聞き取れなかったが、どうも日本が戦争に敗けたようだ」

とまだ半信半疑の顔。

「エーッ」と私も驚いたが、(そういえば今日は朝から空襲警報のサイレンが鳴らなかったぞ、もう空襲はないのだな、ヤレヤレ・・・、もう今夜から電灯を黒い布で覆わなくていいんだ。）そう思ったが、それは口に出せない。先輩たちは落胆と不安に沈み掛けている。

「よもや日本が負けるとは……」

「兵隊に送り出した皆に申し訳ない」

「我らはこれからどうなるんじゃろうか……」

翌日、みんな出勤はしたものの仕事に手がつかない。

「夕べは悔しくて眠れなんだ」

「アメリカ兵が来て悪いことされるんじゃないだろうか」

「仕事は溜まっとるが何してええかわからん」


しかし、午後になって空気は一変した。

復員兵が現れたのだ。「軍隊が解散して、すぐ帰らされた」と、復員証明書を持って住民異動の届けに来た。役場はすぐ食糧配給の手配をしなければならない。

それから毎日、内地にいた兵隊が次々と帰って来た。「汽車で広島を通ったら、すごい焼け野原だった。ピカドン（原爆）で大ぜい死んだらしい」興奮、失望、混乱、いろいろな情報が集まる。

人手不足の村役場は、また目が回るほど忙しくなった。

◇

その頃私は、戸籍係を手伝っていた。戸籍謄本を書く仕事だ。ガラスのペン先に墨汁を着け、原本の通りに書き写す。

墨汁は消えない、書き直せないので一字一字慎重に書かねばならない。書き終わったら二人で読み合わせて確認する。

当時の戸籍は「家本位」だったから多人数で複雑だった、枚数も多かった。

この時期、戸籍謄本がよく要ったのは、戦没者の戸籍処理と、遺族扶助料の手続きのためだ。とにかくたくさん戸籍謄本を書いた。

九月一日

二百十日の大風〈台風〉が吹いた。一晩吹き荒れて、翌朝、田ん圃が真っ白に。稲の穂が傷んで全部〈白穂〉になっていた。小学校周辺の広い田ん圃が、濁った海のように見えた。

農家の人達は「神風が遅すぎた」と嘆いた。

「日本は神の国だから、危うくなったら神風が吹いて助けてくれる」そう教えられ信じていたのに、戦争には負けてしまい、遅れて来た大風で稲は全滅した。

敗戦の虚脱、米の不作、神様への不信感などが入り混じって村人の心が揺れた。

平穏だった我が二ノ宮村に、かつてない騒ぎが起きたのはそれから間もなくである。

7 進駐軍が来た

昭和二十年　秋

敗戦を実感したのは進駐軍が来たときだ。

進駐軍とは、敗戦国日本の政治、経済、国民生活すべてを監視するアメリカの軍隊で日本全国くまなく配置、占領政策を推進した。

我が二ノ宮村の小学校へ武装したアメリカ兵がジープで乗り付けた。それを見た村人が「怖かった！」と村役場へ……。兵器を隠していないか調べに来たそうだ。私は「こんな田舎村に兵器など置いてあるものか」と思ったが、とんでもない。

十日程して、「爆弾を進駐軍が捜し出し、持ち去った」との噂。嘘だろうと、そこへ行ってみた。

役場から五百メートル程先の県道ぶち。今は「香川用水西部浄水場」や、福祉施設「三豊荘」「高瀬荘」があり、「農免道路」が交差して便利になっているが、あの当時は山間いの淋しい所だった。

そこに農家の納屋ぐらいの新しい倉庫があった。私が日頃よく通る道、そこにこんな建物が出来ていたとは！　二メートル程の崖の上、樹木の陰で見えにくい。屋根も壁も全部板張り、近寄ってみようとしたが足場がない。

「ヘエー、ここに『魚雷』を積んであったのか」「もし戦争中に空襲で爆撃されたら、そこら中の民家は吹飛んだかも・・」怖くなって逃げ帰った。

あれはたぶん「詫間の海軍航空隊」が隠し置いていたのだろう。

◇

海軍航空隊は、現三豊市詫間町香田地区にあった。私は小学校の遠足で建設工事を見に行ったのだ。随分遠かったこと、格納庫で飛行機の操縦席を見せてくれたことなど、おぼろな記憶がある。

その航空隊が在った所は今は「香川高専詫間キャンパス」となっている。詫間電波高専と呼んでいた頃、全国高専ロボットコンテスト優勝で名を挙げた、科学技術の先端を学ぶ場だ。

周辺の詫間湾、その先の荘内半島一帯は風光明媚、釣り場や泳ぎ場も多く絶好の観光地。かつて戦争の基地だった辺りは、今は平和の世を謳歌する人々で賑わっている。

◇

進駐軍が私のいる二ノ宮村役場へ来たのは、終戦から一年程のある日。監視官ポーランド軍曹が来た。背がウンと高く、ピンクがかった白い顔、鳶色の目、尖った鼻、十五歳の私が初めて見た西洋人は今で言うイケメン。この美青年は臆面もなく、女子職員が毎朝雑巾がけして磨いていた板の間を、革靴のまま踏んでつかつかと村長室へ…、日本人の通訳一人連れて。

給仕のオバサンは実直な老女、進駐軍が来ると聞いて思案、近所に住むアメリカ帰りの高木夫人にケーキを焼いて貰い、盆に盛って番茶と一緒に客人に差し上げた。が、「喜んでくれると思ったのに、そのアメリカ兵は見向きもせなんだ」と悔しがりながらケーキを一つ私にくれた。その旨かったこと！　ケーキどころか甘い物など無い時代だった。

ポーランド軍曹に次に出会ったのは翌々年初夏の頃。観音寺保健所へ三豊郡内三十六町村の役場から一人ずつ集まり、衛生害虫対策(つまりハエ退治)検討会。その頃どこの家にもハエが多く、食べ物や身体にたかりついて不衛生この上ない。蝿叩き、蝿取紙ぐらいでは追いつかぬ。一軒や二軒が頑張っても駄目だ他所からすぐ飛んでくる。

保健所の指導で、家々の便所の汲取り口にきっちり蓋をし、殺虫剤を撒くことにした。いまでこそ笑い話だが、当時はみんな真剣だったのだ。

ポーランド軍曹はその会合の立ち会い人。私はふと懐かしく「ハロー」とか言って握手して貰った。太くて毛深い腕だった。

進駐軍の強力な命令と、日本人の清潔好きが相俟って、やがてハエの居ない文化生活が実現した。

8 農民組合騒動

終戦直後数年間の、我が二ノ宮村での騒ぎは、生涯忘れられない辛い出来事だった。

発端は米の供出割当て。村役場から部落長（自治会長）を通じて指示する割当量は、戦時中以上に重かったので農家はみな不満。毎晩集まって協議しても揉めるばかり。ある部落は仲違い、ある部落は分裂……。

我慢出来ない連中が集まって役場へ押しかけ、村長に供出割当の返上を申し入れた。が、その年は全国的な凶作でひどい食糧危機。村長の力ではどうにもならぬ。

業を煮やした農民たちは組合を結成し、団体交渉に及ぶ。組合代表は元小学校長の高木大吉氏（高木さんは教育畑育ちで真面目一徹の人、農民たちに頼られて放って置けなかったのだろう）。

組合の要求は米のことから、行政面、産業面に広げ、鉾先を役場と農協（当時は信用購買販売利用組合）へ。毎日のように押しかけ怒声を飛ばす。私達職員は身の縮む思い。

追い詰められた酒井近治村長はついに辞職。

「やりかたが酷いじゃないか！」と第二の農民組合が出現。法律に詳しい〝Mさん〟を丸亀から呼び帰し、指南役にして第一組合に対抗、激論した。

酒井村長が辞めたあとは、宮崎富治郎助役が「村長職務代理助役」となり、そして次の村議会で「村長」に選任された。しかし農民組合が承知しない。いつも朗らかだった助役さんが口重く苦り切っていた。宮崎村長がそれからどうなったのか、いつ辞めたのか、下っ端の私には分からない。

気が付くと二ノ宮村は「村長の居ない村」になっていた。たちまち役場の仕事が停滞した。村長の「職印」を捺すことが出来ないのだ。明日就職するのでと言って来ても、転出証明書も戸籍抄本も出せない。病気で医者にかかると言っても国民健康保険組合の受診券を発行できない。

役場職員は困ったが、もっと困ったのは住民。

県庁の地方課から大河内稔氏が「村長職務管掌者」として派遣されて来た。大河内さんは毎日村長室に入ったきり、農民組合が来ても話は聞くが、聞き流しのようだった。

騒ぎの火は次第に鎮まった。

◇

昭和二十一年十二月、GHQの占領政策第一弾「農地改革」が始まり、地主三名、自作二名、小作五名の農地委員が選ばれた。

「農地委員会長」にはナント森小八郎在久氏が就任。近郷きっての大地主・森本家の若旦那さんだ。高松の別邸が空襲で焼かれて、村へ帰っていたのだ。森家は、代々庄屋や村長をした名門。小八郎の名を襲名した長男在久さんは、地元羽方で「本家の若旦那」「若さん」と呼び親しまれていた。

その若さんが初めて役場へ来たときは、役場や農協の女子職員たちが歓声をあげた。背がスラリと高く、色白で眉目秀麗、気品も漂う好男子だったから……。

農地委員会の会議は粛粛と運び、二ノ宮村の小作地解放事業は、ほぼ二年で終了した。

委員長森小八郎氏覚悟の采配だろう。森家が持っていた小作地(五十町歩とか六十町歩とか)は率先して全部解放した。森家はお屋敷と山林だけ残った。

昭和二十四年四月、村役場の前に「農地改革記念碑」が建った。委員十人の名を彫ってある。地主側三人は森小八郎、米谷治平、宮崎修太郎の各氏。「記念碑」はいま香川県農協二ノ宮支所に在る。

◇

昭和二十二年四月五日、新公職選挙法による「村長選挙」。元校長の高木大吉氏と、旧制三豊中学校教師の森徳三郎氏の二人が立候補。二つの農民組合それぞれの応援で激しい選挙戦。結果、森徳三郎氏が当選、村長に就任。助役に農業会専務の高木民重氏を迎え、役場職員も五・六人増員、陣容をととのえて森村政がスタートした。

続く四月三十日、「村会議員の選挙」定数十六名。議長に森小八郎氏が就任。森村長、森議長、高木助役の協力により行政は順調に、産業復興も見えてきたある日。突然、森小八郎さんが急病で死んだ。

村中の誰もが驚き悲しんだ。殊に森徳三郎さんがあの大きな目玉を真っ赤にして悔しがっていた。

9

フェニックス

昭和二十二(一九四七)年四月

二ノ宮村長になった森徳三郎さんは、見かけによらず(失礼?)温厚な人だった。役場へ初めて来られた時、頑健そうな体つきと、浅黒く額の広い顔を見て、私はそっと、手元の紙にスケッチした。太い眉、大きな目、出っ張った顎…。翌日、そのスケッチをうっかり机の上に出していて、森村長に見つかってしまった。

「うん、なかなか上手く描けとるわ、特徴をよく掴んでいるな、アハハハハ」

私は恐縮冷や汗。

でもそれで遠慮なくモノが言えるようになった。森村長が絵画や書道に堪能な方だとは後々知った。

森村長は農民組合騒動や村長村議選挙戦のシコリをほぐすべく、まず村内の融和をはかった。

手始めに「青年柔道教室」を開き、自ら師範に。さすが元体育教師だけあって教え方がうまい。先ずは「受け身」の実技。青年たちが順番で師匠の森村長を投げる。足掛け、背負い投げ、巴投げ…。投げられた村長は、倒れるとき手と腕で床を叩き「こうすると何処も痛くない、怪我もしない」とやってみせてくれた。これは面白いと青年たちはすぐにハマった。柔道教室はずうっと続いた。一年後には早くも有段者が。真っ先に黒帯を締めたのは大西宏さん。続いて近藤忠男さん。他にも何人かいた。

婦人会も援助した。「男女同権」「婦人参政権」を得たばかりの女性たちは意気軒昂、会長山路キクヱさん、副会長森アヤノさん、書記高田キヨノさんたちが「生活改善」を熱心に推進していたが、役員のまとまりはイマイチ。

そこで森村長の助言により、小豆島一泊の「役員研修旅行」を実施。醤油工場、寒霞渓、熱帯植物園など見学。参加者一同大感激。婦人会は結束でき、それから目覚ましく活動した。

森村長はそのとき小豆島「八代田熱帯植物園」から「椰子の苗」を貰ってきた。私はそれを役場の中庭「ババの木」の隣へ植えた。毎日水を掛けてやった。中庭は日当たりがよく、冬も余り寒くならない。椰子はすくすく育ち、やがて駝鳥の尾のような葉を四方に広げた。三、四年たったある日、勝間の植木屋Fさんが「ああ、これはフェニックスという椰子だ。熱帯でなくても育つので最近人気が出ている。でもこんなに大きいのは珍しい」と教えてくれた。

昭和三十（一九五五）年

春、町村合併により二ノ宮村は高瀬町に。森村長は離任。村役場は支所になり、そして三年後に支所も閉鎖された。

高瀬町役場に居た私の所へ、植木屋のFさんが「あのフェニックスを売ってくれ」と言って来た。高い値段を示されたが「駄目だ、あれは二ノ宮村の記念樹だから売りません」と断った。

その頃、九州の日南海岸はフェニックス並木が有名で観光の目玉だった。豪快優美な姿が好まれたのだろう。やがてフェニックスは全国各地に植えられ、次第に珍しいものではなくなった。

私はその後二ノ宮を離れ、町外に住んでいたが、ある時久しぶりに二ノ宮小学校へ行ったら、学校の様子がすっかり変わっていた。いちばん驚いたのは、校庭の真ん中に大きなフェニックスが！　役場の跡地から持って来たとのこと。

「ああよかった、こんなに大きくなっていたのだ」屋根よりも高く大きな葉を四方に広げ、堂々と立っていた。それからはときどき見に行ったが、ある年の冬、讃岐には滅多にない大雪にやられて、枯れてしまった。昭和五十（一九七五）年頃のことだった。

それから三十年余、もうすっかり忘れていたが、最近ふと「耕読芳章」（平成元年発行の二ノ宮小学校百年誌）を見ていたら、あのフェニックスの写真があるではないか！　しかも毎年の卒業生写真の中に。

辞書によると「フェニックス」とはエジプト伝説の霊鳥「不死鳥」とある。火の中から生まれて五百年生きるとか。形が似ている椰子にその名がついたのだろう。

二ノ宮小学校卒業生（昭和三十八年〜四十九年）七百人が持っている写真に、村の歴史をいっぱい知っているあのフェニックスの姿が永久に残るのだ。なんと壮大なロマンではないか。

森村長が小豆島から持ち帰ったあの「椰子」はやっぱり「不死鳥」だったのだ。

10 お茶と俳句

昭和二十三年頃

二ノ宮村の森徳三郎村長はお茶を好まれた。村長室に鉄瓶や急須、茶碗、茶筅などいろいろ持ち込み、お茶を点てながら思索しておられた。来客は抹茶で持てなし、私たち職員にはときどき煎茶を振舞ってくれた。湯の温度によってお茶の旨みが微妙に違うことも教わった。

昭和二十四年頃

ある日、森村長が出張先からお茶の苗木を十本ほど持ち帰った。県知事・金子正則氏のすすめでお茶の産地を見てきたとか。そして「二ノ宮村の土地に合いそうだ」と言いながらそれを持ってまた出ていった。たぶん村内のどこかへ試し植えしたのだろう。

二、三年後に、村に茶の栽培が拡がり、やがて「二ノ宮村茶業組合」が設立された。これが後年、香川県随一の「高瀬茶」に発展したのである。

茶業が成功した原因は、ゆるやかな傾斜地や土質がお茶に適したこと。静岡から導入した新品種「やぶきた」が栽培しやすく、上質の製品が出来たこと。よい茶師（宮崎岩美さん）が居たことなどである。宮崎さんは若い時に静岡で製茶技術を学び、村に帰って茶業全般を指導した。

昭和三十年頃に青年団で製茶工場を見学した折、宮崎さんが「手揉み」をして見せてくれた。腕や手の動きが実に見事だった。

高瀬茶の発展には多くの人の関わりがあるのは当然ながら、「仕掛け人」が村長だったことはあまり知られていない。

◇

森徳三郎さんは村長を辞めてからは「俳句」に熱中していたようだ。

十数年ぶり（昭和四十三年頃）にお会いしたとき、「山路君は川柳をやっているそうじゃな」と声をかけてくれた。

「安藤富久男君も川柳をしているが、彼は、私の三豊中学校（旧制）での教え子なんだよ」

そう言って俳句をすすめてくれたが、「私には　川柳がありますから」と答えた。

森さんは俳号を「光茎」、十年程して「火茎」に改号、また後に「倶茎」と変えた。句集は「濃くなる虹」「葛」「生きる」など。

ある時、「そこまで来たのでついでに寄った」と杖を突いて我が家へ「句文集」を持って来てくれた。

「そこ」とは、高瀬駅前の散髪屋で「俳句高瀬吟社」石井彩風子さんの店。森さんはときどき来てくれます、と彩風子さんが言っていた。

森さんの晩年は独り暮らし。竹や木、時にはアカザの茎を削って杖を作り、誰れ彼れなく提供していたそうだ。

九十八歳で書いた随筆「自問自答」はまるで悟りを開いた高僧の心境。読むたびに合掌したくなる。

大水上神社境内（史蹟二ノ宮瓦窯跡の近く）に句碑が建っている。

人の世に借りを作らず茄子の紺　　光茎

あと一日で百歳という平成十五年十二月三十一日に大往生（享年九十九歳）。

11 青少年義勇軍

終戦から三年たった昭和二十三年の夏、一人の少年が村役場へ訪れた。窓口にいた私は、受け取ったその「引揚者証明書」の氏名を見てエッと思い顔を見直した。「O《オー》君だ！　同級生のO君だ！」もう一つ驚いたのは、その体つきが少年の時からちっとも大きくなっていないこと。あきらかに栄養不足だ。

O君は国民学校高等科一年（いまの中学一年）のとき、担任の先生に説得されて「満蒙開拓青少年義勇軍」に応募し、もう一人の同級生と共に満州（現在の中国東北部）へ渡ったのだった。

当時の話では、満州で訓練を受けながら開拓団の護衛と開拓作業に従事、何年か経ったら開拓民同様に農地を与えられ、豊かに暮らせるとのことだった。義勇軍に選ばれるのは農村の二、三男。学校からは毎年何人かを送り出していた。その年もみんなで日の丸の旗を振って見送った。

O君が満州でどんな苦労をし、終戦時の混乱の中をどんな辛い思いで生きて来たのか、若い私は思い及ばなかった。

親元で元気を取り戻し、家業を手伝うようになった彼を、私たちは当時盛んだった青年団に迎え、やがては役員にもなってもらい一緒に活動した。

だがある日、突然家出して居なくなった。後日、私にくれた手紙に「上京して仕事を探している」とあり、そしてまた後日「店を持った、人も雇って、順調だ」と届いた。その後年賀状の交換はずっと続いた。

長い年月が流れて私たちは六十歳になり、還暦記念の同窓会を開いた。東京、関西各地、九州からそれぞれ帰郷して久しぶりの再会。皆大変な感激だった。あのO君は都会のセンスを身につけ立派な紳士となって現れた。

宴席では順番でマイクを持ち自己紹介をした。各自の仕事や家庭などを面白おかしく語り、笑いあった。

Ｏ君の順番になると、彼は東京の仕事を簡単に述べたあと義勇軍のことで「あんなに辛い目にあったのは、担任の先生に騙されたからだ、ずうっと恨んでいた。今日はそれを先生に言うつもりで来た」（その先生はすでに亡くなっていた）とＯ君は涙を流して悔しがった。

私は側で「先生が悪いのではない、国策だった、仕方が無かったのだ」と思ったが口には出せなかった。

Ｏ君とはその後も年賀状交換を続けたが、ある年、賀状が来ず代わりに思わぬ手紙が来た。

「夫は昨年秋に病気で亡くなりました。長い間のご厚情ありがとうございました」と。

羽田澄子監督の映画「嗚呼満蒙開拓団」が公開されたと聞いてＯ君を思い出し、「青少年義勇軍」の美名の下で苦しんだ者が大勢いたことを、世の人々に訴えたいと思う。

12

戦没者――ある庭師

昭和二十二年秋

「ここのバベの木は枝がボサボサ伸びて見苦しいがどうしてな？」

私は先輩に問いかけた。

「それはノ、二ノ宮さん（大水上神社）の近くにSさんという庭師が居ってノ、毎年秋に役場の庭木を手入れしてくれよったけど、Sさんが兵隊に行ったので、それからは摘込んでないからや。もう三年になるノ、Sさんが復員したらまた来てくれるじゃろ」

私は先輩の言うSさんを以前から知っていた。小学校同級の女子にUちゃんという小柄色白のお茶目な子がいた。学校から揃って二ノ宮さんへ行くとき「ここがUちゃんの家だ、お父さんは庭師だぞ」と級友が教えてくれたのだ。

終戦から二年余り、村は農民組合騒ぎも収まり、やっと平和の時代を迎えていた。

村役場もこの春職員を増やし、事務分担も整えて少しはゆとりが出来た。

私はかねて気になっていた中庭のババの木のことを古い先輩に聞いたのだ。

（庭師が来ないのなら自分でやるしかない。）土曜日の午後、家から持ってきた剪定鋏でババの木の枝摘みをした。全くの素人だから枝振りなど分からないまま、いい加減にバッサバッサ切ったらどうも切り過ぎたみたい（あ、ごめん）。風通しが良くすっきりした。周りの「皐月」や「楓」、「樫」や「槙」、「柊」も摘み込んだ。さっぱりしていい気持ちだ。

翌年も秋を待ち兼ねて庭木を摘んだ。去年より上手く出来て楽しい（庭師っていい仕事だなア）。

庭師のSさんはその年の十二月にやっと復員した。軍隊で身体を壊し、入院していたが治ったので帰って来たそうだ。

Sさんが死んだのは翌年春（昭和二十四年五月）。復員後、元気で農作業や、庭師再開の準備などをしていたのにある日突然倒れ、そのまま死んだ。いわゆる心臓麻痺だ。

奇しくも同じ日に隣の部落で若者Kさんが死んだ。肺結核だった。当時、肺結核は不治の病といわれ、いちばん怖い伝染病だ。結核予防法によりすぐ消毒しなければならない。「入棺」に待ったを掛け、役場から私ともう一人が駆けつけ、寝ていた部屋、布団、着物、遺体にまで丹念に消毒液を散布した。

Kさんは兵役中に発病して自宅療養だったからすぐに「戦病死」と認定された。

二ノ宮村（六百戸）には太平洋戦争による戦没者が百二十人ほどいた。その他に生死不明の未帰還者も五、六人いた。

昭和二十五年春、村の主催で「戦没者慰霊祭」を実施。それ以来、毎年春と秋に行なわれた。

昭和二十七年七月、国に「戦没者遺族援護法」が制定され、「遺族年金・弔慰金」の支給が始まった。

村で「申請書」を取りまとめ、厚生省へ進達するのは私の担当。まず戦没者名簿・遺族名簿を整備、その順番で年金・弔慰金の申請書を受付けた。

◇

ある日、庭師Sさんの夫人が娘のUちゃんと一緒に私の所へ来た。

「夫は軍隊で発病、それが原因で死んだのだから戦没者だ。私達も遺族年金を貰いたい」

思いがけない申し出に驚いたが、聞いてみればもっともの話である。すぐ県の厚生課へ電話したら、「もっと詳しく聞きたい」とのこと。

翌日、私はS夫人と一緒に県庁へ行った（役場の前からバスで琴平へ、電車に乗り換え高松へ）。

厚生課の説明は「入隊中に発病したことを証明できるもの（例えば診断書とか受診票）、復員後の健康状態や死亡診断書を厚生省へ提出し、認定して貰うように」とのこと。

帰りの電車の中で夫人は困っていた。「夫が心臓を患って入院したとは聞いていたが、何時、何処でなどは覚えていない。外地の病院がどこに在ったかも知らないし……」

夫人はUちゃんを伴ってもう一度、いや二度も三度も県庁へ、他にも手掛かりを探して歩いた。

そしてついに、「夫からの手紙」に思い当たり、片付けていた封書の中から「医者に診て貰った」と書いた文面を探し出した。

それが決め手になって厚生省から「戦没者認定書」が届き、ようやく遺族年金と弔慰金を受給することができた。

私はS夫人が執拗に年金を求めたのは、生活費や育児費が欲しかったのは勿論だが、いま一つは、夫の「名誉」を願ってのことだと思っている。

庭師という誇らしい仕事を中断され、四十二歳の若さで、未成年の子を七人残して死んだ。そんな夫の「無念」を晴らしたかったのではないだろうか。せめて他の人と同じように「戦没者」の一人として世間に認めてほしかったのだろう。

夫人は六年後に病没した。残された子どもたちに、遺族年金があったことはせめてもの救いだ。

三豊市役所玄関脇に植わっているあのバベの木には、こんな戦争秘話もまつわっている。

13 村の演芸大会

終戦から半年余りの昭和二十一年四月、二ノ宮村の小学校講堂で「素人演芸大会」が開かれた。復員者たちが戦地で覚えて帰った隠し芸を披露、村の青年男女も参加、踊り、歌、芝居など競演した。昼の部夜の部とも満席、拍手、笑い、涙、戦時中のウサを吹き飛ばした一日だった。

演芸会を仕切ったYさんは、司会が上手い。その上、自作自演の劇や活弁(無声映画弁士)の声真似、特にバナナの叩き売りの口上が面白かった(後に松竹映画「男はつらいよ」でフーテンの寅さんが、バナナ売りする場面があったが、渥美清よりもYさんの舌がよく回っていたようだ)。

「Yさん」は二ノ宮村羽方の人、終戦後間もなく村役場に復帰した私の先輩だ。明朗快活、漢詩を自作朗詠する才人、仕事はよく出来たが、世話好きの度が過ぎての失敗も多かった。

昭和三十年に二ノ宮村は合併して高瀬町になりYさんは町役場で有線放送の運営や観光事業「たかせお茶まつり」等に力を発揮した。

演芸大会に出演して話題になった一人は佐股のKさん。中学五年生にして歌が抜群、背が高くハンサム。後に、映画俳優になりたくて「大映のニューフェース」に応募、予選はパスしたが、面接で近視がバレて不合格。その後薬物乱用や暴力行為など、時代の激流に溺れ掛けたが、見事立ち直り、運よく観音寺町長の秘書に収まった。

もう一人、華やかな出現は羽方のS子さん。股旅姿に三度笠の出で立ちで、当時流行っていた「伊那の勘太郎」を颯爽と踊った。日舞を習っていたが更に熱を上げ、関西のさる舞踊団に入った。ほどなく其処のトップダンサーになり、雑誌のグラビア写真にタキシード姿で大きく載った。

Yさんが自慢そうに雑誌を配り、「後援会を作ろう」と言う。私も我が村からこんな立派なスターが出たと喜んで賛成した。

しかし、当の本人はそのうち結婚、あっさり引退してしまった。

演芸大会は次の年も盛況だった。出演者は大半入れ替わったがそれも新鮮だ。

私が「アレッ」と思ったのはMさんだ。さきごろ村役場に入ったばかり、中年の物静かな人と思っていたが、舞台で演じた「浪曲」は玄人はだし。

当時、浪曲は大衆芸能の王座として人気が高かった。広沢虎造、寿々木米若、伊丹秀子らの名人が続出、そのレコードを買って来て練習するのが流行っていた。

「浪曲」はその頃からの新しい呼び方で、以前は「浪花節」と言っていた。お祭りや集会の余興としてよく行われた。農協の総会等には、一流の浪曲師が来るので楽しみだった。

そんな時代の花形のように堂々と登壇したのがMさんだ。色紋付に袴、絵柄のテーブル掛け、横に湯飲み台。扇子片手に、美声を張り上げていたのが今も目に残っている。

Mさんは役場で農地改革の事務を二年ほど勤め、仕事の区切りを機に、農林省関係に転職した。

14

青年演劇クラブ

「演芸会を見に行かんな」と佐長《さなが》君に誘われて上高瀬小学校へ。踊り、歌、バンド演奏に続いて演劇があった。題名は「岩窟王」。主役の人がとても上手で声も朗々とよく通った。

「あれ誰な?」と横の人に聞いたら

「安藤フクオさん、税務署に行ってる人や」。

佐長君が目を輝かせて「俺たちも新しい演劇やろうよ」と言った。それまで我が二ノ宮村では毎年旧正月に素人演芸会があり、先輩たちが〝瞼の母〟や〝赤城の子守歌〟などの芝居をしていた。でも何か物足らなかった。

佐長ツヨシ君は呉服屋の息子、秀才揃いで知られた佐長七兄弟の一人、青年会の役員を一緒にしていた親友だ。

早速、青年会の行事として演劇活動を始めた。最初の公演は、菊池寛の戯曲「屋上の狂人」。狂人の役を佐長君が、賢い弟の役を私が……。

ラストシーンは二人が夕焼け空を見上げたところで舞台が暗くなるという演出だったが、本番で照明係がタイミングを間違え、舞台の二人はポーズを取ったまましばらく動けない、とんだ喜劇になってしまった。

次の年は現代劇「次男坊」、農家の二・三男問題がテーマ。

三年目は創作劇「夜風」、父親が戦死して息子が不良化しかけた話、私が家出少年の役、佐長君はそれを叱る老人の役。出来がよかったので、三豊郡(三十五町村)代表で香川県青年大会に出場、飯山村(現丸亀市)の小学校で競演、第二位になった。審査員から「二ノ宮青年団はうまい、特にあの老人役は団扇の使い方で気持ちを表現していた。」と褒められた。

私達は一層熱を入れ、合併した新高瀬町の各青年会に呼びかけ「演劇研究クラブ」を結成、旧二ノ宮村役場(私の勤務先)を稽古場にして練習に励んだ。

翌年の香川県青年大会で優勝、ついに全国大会へ出場となった。会場は東京の日本青年会館。出し物は「釣り狐」、狂言風の風刺喜劇。貧乏百姓と悪代官、それにイタズラ狐が絡み合う話。劇の途中で照明の暗転があり、代官に化けた狐と本物の狐が入れ替わるという筋書きだったのに、本番で舞台照明は消したが、観客席が明るいままなので舞台はさほど暗くならない。慌てた狐役の二人が同時に舞台に並んでしまった。

（アーア、失敗だ）とがっかりしながら演技を続けた、が、三日間の全国各県の競演が終わり、審査発表で「狐が二匹並んだのが意表を衝いて面白かった」と褒められ、「優秀賞」に選ばれた。（えっ、ほんまに狐に化かされたんか）と一瞬思ったが、仲間のみんなは跳び上がって喜んだ。

香川県青年団の総合得点もウンと上がって、皆に喜ばれた。

昭和三十一年十月十五日、文部大臣から賞状を貰い、我ら青春最高の日であった。

佐長君は新しい仕事のため東京に残ることになり、皆で記念写真を撮ってから別れた。

15 映画の夕

「映写技師の講習会があるから行って来い」。高木助役に言われて、村役場で一番若い私が観音寺へ三日通った。

初日は「ナトコ映写機の操作法」。二日目は「16ミリフィルムの扱い（切れたときの継ぎ方も）」、三日目は「映画会の開き方」。最後に試験があり免許証をくれた。

終戦後、ＧＨＱの民間情報局ＣＩＥが「民主主義」の普及推進の手段として、アメリカから持ち込んだのが「ナトコ映写機」だった。日本全国の要所に配備され、農村文化、民主化教育に利用。折り畳めば自転車に乗せられる程の小型軽量、何処ででも使えた。

早速、県教委三豊出張所に申し込んで映写機とフィルムを借り、二ノ宮小学校で「映画の夕」を開いた。テレビ等ない娯楽の少ない時代だったので村人が大勢集まった。映画は「時の話題」、「アメリカの家庭生活」、それに日本の劇映画、杉村春子主演の「手をつなぐ子ら」。一人の主婦が、いじめられている知的障害児を助け、悪童たちを叱りつけて次第に仲良く遊ぶようにする感動のドラマ。

私は自分の手で上映できたことや、選んだ映画が好評なので自信がついた。私にこの「やり甲斐」のある仕事をさせてくれたのが高木助役さんだ。

助役の高木民重さんは温厚で誰にでも親切。若輩の私にも目を掛けてくれた。

助役、総務係、その上に教育長も兼ねていて、いつも忙しそう。私は何でも手伝った。特に「社会教育」の仕事は、休日や夜間に出ることが多いので、大かた私に任された。映画会はその一例。他にも「公職選挙法事務」など新しい制度の大事な仕事を経験させてくれた。そのお陰で浅学の私が後々、人並みの公務員人生を送ることができた。

高木さんは二ノ宮村の助役を二期八年つとめ、昭和三十年三月の「高瀬町発足」で民生課長になる。私も町役場庁舎ができた昭和三十一年一月、初めての異動で二ノ宮支所から本庁民生課へ。

二ノ宮村役場の中庭にあった「ババの木」も私たちを追って来たかのように、新庁舎の前庭に移植され、また長い年月を共に過ごした。

合併当初は職員間でも地区意識の衝突、人事異動の調整、給料の不均衡是正など面倒なことがよくあって高木課長ら上役は苦労が多かったようだ。

◇

私は昭和四十二年に現在地（高瀬町新名字松下）に家を建てた。前は商店街、裏は田や畑が広がっていた。

四年後そこ（我が家の南側）に大きな施設が二つ出来た。「特別養護老人ホームとがみ園」と「伝染病隔離病棟とがみ病院」である。
ある日、私は独りで様子を見に行ったら、そこに高木民重さんが居た。「三豊地区広域市町村圏振興事務組合の病院事務長」とのことだった。まだ工事中の病棟を見せてくれ「出来上がったらここの事務所に居るからまた遊びに来い」と言ってくれた。

「とがみ病院」は昭和四十七年に開院、当初は時たま窓に明かりが見えたが、次第に入院者が少なくなり、やがて休業状態に。あれほど猛威をふるって人を苦しめた「消化器伝染病」も公衆衛生の普及で、滅多に発生しなくなったのだ。

「特養ホームとがみ園」へは、見舞いなどでよく行ったが何時も満員状態、二十年余りたった平成六年に上高瀬の緑が丘へ移転した。
あまり使われぬまま閉鎖したとがみ病院の方は残った建物を活用、現在「障害者共同作業所」になっている。経営者は「手をつなぐ親の会」。昨年改装して白い壁コバルト色の屋根が爽やかだ。

我が家の二階から見渡すとき、この建物の建設に力を注いだ高木さんの顔や、昔、「映画の夕」で見た「手をつなぐ子ら」の笑顔が浮かんでくる。

映画の夕から六十年、よい時代になったものだ。

16

高瀬富士——爺神山

かつて高瀬の地に「とかみ山」と呼ぶ姿の美しい山があった。（古くは兎上山、いまは爺神山と書く。高さ二二七メートル）讃岐七富士の一つと言われ、高瀬町のシンボルともなっていた。

☆　爺神山裾ひろがりの花菜かな　　婆羅

☆　高瀬町歌（岡本淳三作詞）

姿きよらな爺神山　みどり輝く岩瀬池
四季の絵巻を織りなして　…・

☆　平成高瀬音頭（安藤富久男作詞）

花と光の神話の山は
故郷の親父の背を見るようで
さくら吹雪ととがみの園と

お四国巡りの鈴の音やさし
ここは名跡爺神山

☆　高瀬高校校歌（延地君男作詞）
新しき世紀はあけて　爺神の山に直さす光
見よ強き「信」のあかり　眉を照らす

南麓にある「爺神公園」は県下指折りの桜の名所（だった）。新聞の花だよりに毎日載り、さくら祭りは毎年大勢の客で賑わった。

中腹を一周する「ミニ四国霊場八十八ヶ所」は歴史が古い。西側の大師堂に弘法大師、お釈迦様、阿弥陀様などの石仏がまつられ、そこからぐるっと八十八寺の石仏を巡拝すれば念願叶うという。

仏教にうとい私は同じ道の高瀬町指定一七三〇メートルのウォーキングコースを歩く。四季折々に歩いて、健康という御利益を戴いている。

南はJRの駅と高瀬の町並み、はるかに阿讃山脈。東に大麻山、朝日山。北は詫間湾と瀬戸内の島々。眼下に近ごろ有名な宗吉瓦窯跡公園、西には三豊市の歌でおなじみの七宝山。ここは自然の大展望台である。

幸か不幸かこの山は、全体が大変硬い安山岩で出来ている。掘り取って細かく砕けば最良の建設資材になる（採石事業はすでに始まっていた）。昭和三十三年、自衛隊施設部隊が実地訓練で公園への道路を新設整備した。ほどなくその道を採石満載のダンプカーがしきりに走り、プラントで砕いた粒石は土木工事や西讃地方一帯の道路舗装に使われた。

高度経済成長期の三十年間、掘削作業が続き、かつて秀麗を誇ったこの山の東半分は、見るも無残な姿になった。

私が高校へ通学した頃は、二ノ宮村からの下り坂の正面に美しい爺神山が見えた。円錐型、全山松に覆われ、殊に山頂の背の高い松は枝振りよく、山の美しさを引き立てていた。

その頃登って見た頂上は、やや平ら、松林に大きな石が点在していた。そこは戦国時代の城跡。城主・詫間弾正の討ち死にの哀話は、今も語り伝えられている。

弾正のゆかりの花の爺神山　婆羅

我が家は高瀬駅に近く、自分の勤め先と妻の通勤を考えての宅地選びだったが、朝夕美しい山が見えるのもいいかなと此処にきめた。

住み着いて四十年、今は朝、玄関を開けると、掘削跡の荒々しく醜い山に直面する。くやしい。

◇

爺神公園の整備に力を入れたその一人が、佐野一一さん。若いとき満州鉄道の急行列車を運転していたとか。終戦引揚げ後、高瀬駅西に衣料スーパー「急行百貨店」を開き繁盛していた。町会議員になり、観光行政を推進。

ある年の春、四メートルほどの桜を丸ごと一本、町役場へ担ぎ込んだ。ドンと据えて「爺神公園の桜祭り準備中だ、この一本邪魔な場所にあったので伐った。みんなよく見てやってくれ」。桜は町役場の玄関土間で一週間咲き続け、住民の話題になった。佐野流の見事なPR作戦だった。

「爺神山に登山リフトを着けよう」とか、「頂上にヘリコプター基地を作ろう」

とか奇抜な発想で観光の町作りに励んでいた。

◇

爺神山の採石工事は公害問題によって一時中止。それから十数年、再開も跡地整理も無く、無様な姿をさらけ出したまま、歳月が移り過ぎていく。

六年前の初夏、沖縄旅行の帰りに乗った飛行機が爺神山の上空を飛んでいたとき、窓から見下ろしていた私はアレッと驚いた。なんと爺神山の採石跡地に池がある。割れた摺鉢に水を溜めたような感じ、すぐに通過したのでしかとは見てないが、どこかの火口湖みたいだった。

ふと思う、自然破壊の最たるこの景観を、むしろ逆用して、観光の対象にしたらどうだろう。ヘリコプターで空から眺めるのだ。近くに広大な「国市池」もある。うん、これは面白いぞ！

八十歳に近い私の白昼夢である。

（国市池は日本溜池百選。爺神山の標高は二一四メートルに改訂された。）

17 川柳入門

昭和四十年一月、高瀬町役場の私の机の上に『川柳たかせ』第一号があった。先輩のYさんが持って来てくれたのだ。「上高瀬の安藤富久男さん宅で川柳の句会が開かれている、今度一緒に行かないか」。ほう、それは面白そうだな、行きたいな、でも私は多度津に住み、汽車で通勤している身だ。夜の句会には出られない。

Yさんが「そんならこれはどうな」と四国新聞を広げた。それがあの「四国柳壇」。まる一頁に読者の応募川柳がびっしり三百句以上。最上段は入選一席、二席、三席と秀逸が十句余り。うーんなるほど、どれも楽しい句だ。こんな句を私も作りたいな。早速二人で葉書投句した。恥ずかしいので自分の名前は一字変えて。

心待ちの発表日、四国新聞をそーっと開いてみたら「あった！」しかも「秀逸！」

（兼題・音）　音痴にも唄ってみたい時があり　恒人（多度津）

Yさんがスゴイスゴイと職場の皆に見せて回ったので、名前も、内緒にしていた住所もバレた。

当時、妻の通勤と子育ての便宜上、多度津町に住んでいたが、住民登録は高瀬においてあったのだ。町の職員である以上住民税を高瀬町に納めたいし、選挙権も置いときたかったから…。

四国柳壇次の月は

（変る）　生まれ変わる覚悟そろそろ忘れかけ

が、また秀逸に入選。その次の月も

（芽）　玉葱の芽は台所とも知らず

がまたも秀逸。

昭和四十年夏、新聞で見たと、多度津川柳会から誘われ、初めて句会に出た。会場は家からすぐの多度津中学校の中の公民館。

そこに居たのは　田中彰（ふあうすと川柳社同人）、田中千鶴子（番傘川柳本社同人）、三井酔夢（川柳塔社同人）など錚々たるメンバー、学生上がりの文学青年や、中年主婦、無職老人など十数名、賑やかで楽しい句会だった。遠慮なしの句評や意見が飛び交い、驚いたり感心したり。

田中彰さんは高瀬の川柳会にも入っているので時どき「たかせ」の話が出る。安藤まき代さんの句「お遍路に丸いきれいな餅を選り」も聞いた。

八坂俊生さんは私の後から入会した高校教師、国語に詳しいのでいろいろ教えて貰う。

四国柳壇の藤原葉香郎さん（番傘川柳本社幹部）、山本芳伸さん（ふあうすと川柳社幹部）も来て助言してくれた。

「川柳たどつ」に載った私の句について

「風邪の子に言うまい言うまい雪こんこ」を高松の北条令子さんが「言うまい

言うまいの重ねに暖かい親心がうかがえる」

「濡れてきた道ふり向けば虹が立ち」は三井酔夢さんが「詩情にあふれた美しい句、人生を振り返ってみての感慨とも言える」

「建築の資金ソワソワ借りてくる」には川柳塔社の橘高薫風さんが「ソワソワの表現で句が生きた、一句の中にアクセントのあるのがよい」

「ベトナムのことを話題に朝のお茶」では田中彰さんが「ベトナム戦争と日本の平穏な暮らしを対比している、作者の静かな生活ぶりがみえる」

「生きのびて金魚冷たき水の中」を東京の安西まさるさんが「金魚は涼しいと喜んでいるのか冷たいと苦しがっているのか二様にとれる」、八坂俊生さんは「これは上手な句だ、金魚を人間とみなせばこの句の深さがわかる」

など評してくれた。

昭和四十一年春　初めて川柳大会に出席した。場所は坂出公会堂。多度津から、高瀬から、県内外から大勢約二百人。
（兼題・罰金）　罰金の箇条があって読み返し

が「天」に入賞。皆が驚いたが作者の私も驚いた。

「着想が良かった、誰もが思いつかないことを句に仕立てている」。私のこの句は人の本性を衝いたもの、選者がそれを解ってくれて良かった。


そして昭和四十二年二月「四国柳壇」ついに第二席!

（騒ぐ）騒音に慣れて故郷へふり向かず　恒人
若者の都会集中化を諷刺したものだが、多少は私自身の反省もある。

その頃の多度津は交通の要衝であった。国鉄予讃線・土讃線、福山行き連絡船、琴平参宮電車等。

私が二ノ宮の実家へ行くには、すぐ裏の鶴橋駅から電車に乗り善通寺で下車、そこで三豊バス観音寺行きに乗換え、黒島西で降りたらすぐなのに近頃あまり行ってない。

昭和四十二年四月、郷里に近い高瀬新名に家を建て、多度津から引っ越した。やっと「たかせ川柳会」に入会できるようになった。

18 たかせ川柳入会

昭和四十二年四月、高瀬町新名に家を建て、多度津から引っ越した。家は未完成だが子どもの幼稚園に間に合わせての転居。

当時、私は高瀬町役場、妻は琴平へ列車通勤中。三歳の子を近くの保育所に預け、五歳の男の子は二キロ離れた上高瀬幼稚園へ。初め三日はバイクに乗せて送迎、その後は集団登校の小学生と一緒に歩かせた。

二週間後、通園に慣れて気がゆるんだのか、その子が交通事故に遭った。駅近くの交差点で無免許運転のバイクに刎ねられたのだ。近くの森川外科へ運び込み、十日程入院。退院後も後遺症の治療、家の工事の片付け、職場の行事も立て込んでいて、無我夢中の三ヵ月。

川柳のことなどすっかり忘れていた。

そんなある日、近所の煎餅屋の親父さんに呼び止められた。

「〝たかせ川柳会〟には入らん方がええぞな」

「あれは安藤富久男さんが立ち上げたが、ワシも発起人の一人じゃった。夕陽さんやトオルさんを誘ったのはワシじゃ。毎月の柳誌を書いたり印刷を中学校へ頼んだり、いちばん協力した」

「ワシは若いときから作詞や川柳が好きじゃった。川柳は〝笑い〟が大事だ、面白おかしいのがよい、もっと滑稽な句を作らないかん」

「それなのに富久男さんはワシの意見を聞いてくれん。笑いは要素の一つだが川柳はもっと幅広いものだと。他の皆も〝愛〟だとか〝人間〟だとか、難しいことばかり言う、意見が合わんのでトオルさんと一緒に脱退したんじゃ」

私が黙って聞いていると煎餅屋さんの不満話はなお続く。

「安藤まさ代さんの句もワシには理解できんのが多い。それにこの前はシン・コとかいう女が来て訳のわからん話を聞かされた。ワシはそんなのが気に食わんのじゃ」

私は気付いた。ああそうか、この人はあの有名な新子さんをまだ知らないんだ。古川柳にばかり固執しているから、最近の川柳界のことが分からないのだ。柳歴二年の私でもそれ位は知っているのに……。

その頃は才女時代と言われ、文学界の三才女は瀬戸内晴美(寂聴)、曽野綾子、有吉佐和子。それに並べて、川柳界の三才女は、安藤まさ代、時実新子、窪田久美子と言われていた(久美子に代えて森中惠美子を入れる人もある)。とにかくその新子、久美子の二人がまさ代さん指導の「たかせ川柳会」を見に来たというのだから、これは凄い出来事だ。

七月十六日、多度津の柳友に誘われて、仁尾のつたじま川柳大会に行った。その頃の仁尾は塩業と模造真珠づくりで活気のある町。川柳も熱心なリーダーが居た。風光明媚な蔦島の海浜での句会は楽しく、私も調子が出て好成績。高松、丸亀、高瀬の人達と交流、親しめた。高瀬から顔見知りの安藤清さんが来ていて、そこで思いがけない話を聞いた。

「安藤富久男さんが松山税務署に転勤になり、奥様のまさ代さんと子どもたちを連れて赴任した。今朝みんなで見送ったばかりだ」と。

私はがっかり、期待していたお二人と一度も逢えぬまま行き違ったのだ。


八月初め、かねて知り合いの白井水仙さんが柳誌八月号を持参、「たかせ川柳会」へぜひと勧誘してくれた。有り難く即座に入会させて貰う。早速八月句会に出席、新会長の詫間夕陽さんと初対面。夕陽さんはその日の兼題「盆」の選で

盆の月見つめ故郷のない男　恒人

を「天」に選び「この句は作者の深い心境が表わされている」と批評してくれた。

翌月の『川柳たかせ』九月号に「新会員山路恒人」と並んで「再入会〝銃執戦兵〟」が紹介された。

「誰？　あ、なんだ、あの煎餅屋さんではないか！」

私は一人で笑ってしまった。

19

たかせ川柳会五周年

昭和四十三（一九六八）年四月

「たかせ川柳会」では役員改選をした。安藤富久男・まさ代さんが松山へ行かれた後、この素晴らしい文芸活動をもっともっと広めようと役員体制を整え活動を多くした。もちろん私も一役買って。

会長・詑間夕陽、副会長・入江夢楽、編集部・白井水仙、山路恒人、会計部・安藤清、安藤とみえ、渉外部・白井音絵、十島戦兵、他

会長の詑間夕陽《せきよう》（本名巌）さんは元厚生省職員、定年後自宅で温室花草栽培。学識があり書道、絵画、文芸にも秀でた静かな熱血漢。

白井水仙（清子）さんは元小学校教師、民生委員、婦人会、愛育会など社会活動

に熱心、誠実で交友広く、川柳の普及と会員増に力を入れた。

毎月発行の『川柳たかせ』誌は表紙画、巻頭言などを夕陽さんが、会員近詠や句会記録を水仙さんと私が分担、鉛筆で手書きした。

富久男さん、まさ代さんは「石の塔」作品や、句評「こだま抄」を郵送してくれた。山本芳伸さんもしばしば高松から来て指導助言してくれた。

昭和四十四（一九六九）年六月

私は夕陽さんと一緒に「ふあうすと川柳社四十周年記念大会」に出席のため神戸に行った。途中高松で山本芳伸、谷口幹男、村尾孝峰さんら十人ほどの一行と合流、関西汽船のデッキで川柳話がはずんだ。話し好きな吉原雲峰さん、物知りの岡柳陰亭さんたちの話が面白く、長い乗船時間も苦にならなかった。

神戸の会場では、ふあうすと社の房川素生さんが笑顔で出迎えてくれた。私はたまたま先月の全人抄（素生選）で巻頭入選したばかりなので一言お礼を申し上げたら「そうかそうか」とうなずかれた。温厚そうな方だった。

その夜の同人総会は素生さんと増井不二也さんが司会、不二也さんは関西弁丸出しで賑やかな人、二人の話は掛け合い漫才みたいでおかしく楽しい。大勢の参加者はすぐに打ち解けた。同じ趣味の仲間は話も心もすぐに通じ合えるのだ。

翌日の大会は兵庫県民会館、大ホール満員。始めの「ふあうすと創立者椙元紋太師」の挨拶は声だけ(録音)であった。

川柳六大家の一人、紋太先生は、数年前からご病気のため起きられず不自由な左手で選句、執筆を続けられているとかで、お姿を拝せられないのは残念だが仕方ない。大会は盛大に順調に進み、無事閉会。

帰り道で夕陽さんが「秋のたかせ川柳大会に素生さんが来てくれることになった、わざわざ神戸まで行った甲斐があった」と嬉しそうに語った。

しかし素生さんはたかせ川柳大会前月に急逝した。

昭和四十四(一九六九)年九月

「たかせ川柳会創立五周年記念大会」開催。ふあうすと本社からは主幹鈴木九葉さんが、若い女性二人と一緒に来てくれた。一人は前川千津子さん（現副主幹）もう一人は瓦本ユキさん（後に阪神大震災で犠牲に）。

奈良の伊藤勢火・定子、徳島の田中潮風・夢の虹、岡山の田中好啓児さんら県外県内の有名作家が大勢来てくれ、地元たかせの会員三十八名を含めて総勢八十二名＋来賓五名。会場の高瀬町公民館二階和室には入り切れないほど。司会・山路恒人、挨拶・詫間夕陽と安藤富久男、お話・鈴木九葉、田中潮風、選者・鈴木九葉、前川千津子、瓦本ユキ、伊藤勢火、田中好啓児、山本芳伸、安藤まさ代の諸氏。アトラクションは当時川柳会と共に盛んに活動していた高瀬吟詠会から資延信義さんを呼び詩吟。朗詠したのはその日の入賞句

（席題「月」前川千津子選）

明日もまた働く　月へ干す野良着　芙美

（作者は高松野菊川柳会の山下芙美さん）

この大会の成功により、たかせ川柳会は名を上げ、会員は更に増加した。また町外の同好グループとの交流もすすみ、郷土高瀬町を中心とした「たかせ川

柳会」が花開いたのである。

それからも長い年月、幾多の喜怒哀楽を経て「たかせ川柳会」は続いている。私もお陰さまで数え切れぬ多くの先輩、柳友に恵まれ、こころ豊かな人生を送ることが出来ている。

20

たかせ百号記念句集

昭和四十八年（一九七三）一月、たかせ川柳会では「柳誌百号」を記念して会員の合同句集を発行した。

「川柳たかせ」は昭和三十九年秋に創刊、以来毎月休むことなく続けて八年余り、楽しいことは勿論ながら、辛いとき苦しいときも、乗り越えての百号達成。それを記念しての合同句集発行は格別の喜びであった。

「たかせ」の合同句集はその後、二百号、三十周年、四十周年、と節目ごとに発行している。何れも貴重な足跡であり、懐かしくあたたかい。

百号記念句集は、Ｂ６判あずき色、表紙に大井潔先生の木版画（銀白色の石の塔）がさわやか。

発行人・安藤富久男。編集人・白井水仙、山路恒人。

参加者六十五名の中から（私の好きな句）を抜粋。

安藤富久男　青年と駆けっこうまい水を飲む
安藤まさ代　わが胸に五月の船のすべりくる
安藤　清　幾年か妻と糸巻く手の古さ
安藤とみえ　胸算用しきりバラ摘む母と子と
有馬　重治　傾斜する心を夜の壁へ描き
石井　菊夫　歯車のリズム螺子切る我を乗せ
石井　勝美　絹ずれの音を残して娘は嫁ぎ
磯崎　芙峰　アポロ待つ地球の人は夜を徹し
入江　夢楽　恙無く努め果たしてみる銀河
入江七宝庵　若さへの反抗たたりサロンパス
上田ミサヲ　つばくろに御免なさいと留守にする
大塚　真弓　それぞれの個性野菊のつつましく
大谷比呂詞　完敗となるライバルと握手する

大西まさみ　母と子の心をつなぐアップリケ
小野　イチ　国境を越えて通じてきた笑顔
小野　百合　老いの掌の球ころころと転げ出る
小野　久栄　小さい芽が出たらし私の七転び
小野　梅野　気に入らぬ言葉五十の頬を打つ
小野　如月　渡米の子へ送るお守り母心
小山八千代　電文より少うし長い子の便り
梶原　久枝　趣味の糸五十路の眼鏡かけ直し
片山　起見　思い出は二つの籠に選り分ける
北野　柳児　病床に心動かぬ裸婦を見る
黒木　ミチ　新豆を煮ればグループにぎやかに
児山　公子　ライバルの赤い絵羽織り紅い傘
近藤　光雄　やまどりの分とミカンを摘み残し
篠原　　良　歌碑撫でて詩心がやっと判りかけ
柴山　五月　子の晴れ着腰揚げ直す手も楽し

十島　戦兵　太陽を真っ赤に描いて児等の無事

十島　不濁　飲み過ぎへ氷枕が意見する

白井　音絵　三人の暮らし枝豆少しもぎ

白井　水仙　一点一画ある日私を取り戻し

白井セイ子　カレンダー母となる日の赤いまる

白井　朧梅　又良き日来るらん今日をしかと生き

鈴木　佳代　ふり返る私蝉殻だけ残り

関　すみれ　悲しみはこの笹舟に乗せ給え

竹内　文八　気骨ある対話の中に知る明治

田中　幸子　子の反旗たしかな位置でひるがえり

田中すずめ　仏様そのまなざしに吸い込まれ

詫間　夕陽　六十のピエロに笛が鳴り止まず

詫間スエノ　「星あかり」供えて亡夫と語る夜

詫間　久仁　夕顔に疑惑囁き散歩する

詫間ひさみ　ことことと牛桶隣の留守を知る

谷口まつの　金賞をつけてやりたいみかんの木

戸城　恒子　ミニもよし十八才は一度だけ

戸城　茂子　干からびたぶどうが揺れて子等遠し

西井こまえ　病む人へきれいな手だと言わずいる

林　美代子　ひまわりの強さが欲しい五十肩

早馬　和朗　カメラに向かう新郎手袋借りに来る

平野　郁子　弟子好み利久の流れせき止める

福本かおる　転落の詩はうたわぬカナリヤよ

藤田　道子　通院の今日また教え子に会える

古市　古泉　流れ来て川のほとりに住みつきぬ

米谷　光乃　柿ミカンきゅうりも添えて娘を尋ね

三崎ムメノ　ハサミにも私と同じ更年期

三好　澄子　花を愛し人を愛して日々すがし

宮武　ツヤ　だまされているとしりつつ出す財布

森　久恵　心配な事分け合うて聞いてあげ

森　マサル　精米所待つ間焚き火の御馳走に

山路　恒人　ある期待五月の窓を開け放つ

吉田　好子　財産は無くとも夫が子がやさし

吉田美代子　試歩の道タンポポにさえ励まされ

山本　芳伸　老いの画布にさて残すもの残すもの

岡　柳蔭亭　歳月ここに身は下総の風の中

21

秋桜子句碑

昭和四十九(一九七四年)七月

「山路くーん、ちょっと…」森延夫町長に手招きされて、私は執務中のペンを置き町長室へ入った。

若い平職員の私が一人だけ呼ばれるのは何故？　と思っていると「このハガキを見てくれ、どういうことなのかのー」と差し出された。

葉書は高瀬町長宛、差出人は詫間町の森安華石さん。

「先日、俳句の師匠にお茶を贈ったところ礼状を呉れたが、それに一句書き添えてあった。その句が今月発行の俳句誌にも載っている。高瀬のお茶のことなので一応お知らせを…」の文面に、私は「ハハーン」と思い当たった。日ごろ川柳を作っている関係で俳句のことも少しは分かる。ハガキに書いてあるその俳人は有名だから知っていた。そこで町長に待ってもらい、町役場近くの政本書店へ走り、新刊雑誌の棚から『馬酔木《あしび》』七月号を探し出した。

馬酔木は当時最も高名な俳人、水原秋桜子《しゅうおうし》主宰の俳句結社で、その俳句誌も大正十二年創刊以来すでに五十年余り続いている有名誌だ。

開いてみたら最初のページに秋桜子近詠が十句並び、二句目に「茶どころと聞かねど新茶たぐひなし」があった。

森安華石さんが時節の挨拶として高瀬の新茶を秋桜子師匠に贈ったところ、その味が気に入り「たぐいなし」と句に詠んで礼状に書き、月刊誌にも発表したのだ。華石さんは思いがけなかったので大変感動し、その喜びをお茶の産地の町長に伝えた。私はそう解釈して町長に申し上げたら「そうかよくわかった」と。

それから間もなく高瀬町恒例のイベント「高瀬お茶まつり」が開催された。開会式の挨拶で森町長がこの話と秋桜子の句を披露したところ、大勢の参加者がドッと沸き、その年のお茶まつりが大いに盛り上がった。

後日聞いたことだが、詑間の俳人・森安華石さんは、高瀬茶業組合の宮崎岩美さんと親戚であり、茶業振興に苦心している岩美さんを応援するため、毎年、新茶が出るたびに多く買い、知人や俳句の師匠、友人などに贈っていたそうだ。

それを知りその心情に感動した秋桜子師匠が今度は華石さんに一句詠んで贈り返したという二重の美談である。

更にその経緯を知った高瀬町の森町長は、岩美さんや華石さんを通じて頼み、秋桜子師匠から直筆の色紙を戴くことが出来たという。

高名な俳人の直筆色紙、私も拝見したかったが……叶わなかった。

やがてその色紙の字は拡大して石に彫り込み、昭和五十六年七月に立派な句碑になって拝見することが出来た。

句碑建立の場所はお茶の地元高瀬町二ノ宮地区、「二ノ宮さん」の名で親しまれているあの大水上神社の隋神門前、広場の玉垣の上段に高さ一・二メートル、幅三メートル、やや三角の自然石。今は建って三十余年、墨が薄れて読み辛いが、かな文字がわかれば読める。

句碑建立の昭和五十六年頃は高瀬茶の発展期、町も元気があった。

高瀬お茶まつりは毎年七月上旬の三日間（前夜祭、本祭り、祇園祭）、歌謡ショーや高瀬音頭の流し踊りで賑わった。

私たちの川柳会も協賛して「お茶まつり川柳大会」を開催、町内はもとより高松、丸亀、善通寺から川柳仲間が毎回百人余り集まり盛会であった。

お茶の売り上げと郷土の発展にいささか貢献していたのである。

高瀬お茶まつりは昭和四十七年に始まり、平成十三年まで三十年ほど続いた。協賛の川柳大会も同様で「たかせ川柳会」の発展につながっていた。

しかしお茶まつりは平成十四年に発展改称、「空射矢《そいや》まつり」となり、ずっと継続している。一方私達の川柳大会はそのあおりで会場の確保が難しくなり残念ながら中止になった。

時代の流れで、郷土の文化活動は多様化分散化が進み、そして共倒れ状態。先輩から受け継いだ素晴らしい日本の文芸、「川柳」や「俳句」ももはや先細り状態である。

22

五郷渓温泉と踊り

いまは観音寺市、以前は大野原町、そのまた以前は五郷村だった。県道観音寺佐野線を南へ直進、まず左手に大きな井関池を見て更に進む、途中で右の坂を登れば石積アーチダムで有名な豊稔池。もう少し先で左に入ると雲辺寺ロープウェー。右も左も入らずカーブを繰り返しながら進むとやがて左手に深そうな五郷ダム、長いダム湖の中ほどに架かるのは有盛橋（橋向こうは昔平家の落人が住んでいたという有木地区）、ダム湖に沿うて更に進み、阿讃の山深い海老済地区辺りが五郷渓と呼ばれていた所。県道は更に蛇行しながら南進、曼陀トンネル（開通当時は有料だった）を潜ればもう徳島県佐野、そこから三好や川之江につながる。

終戦後十年目頃から、地域開発ブームが起こり五郷村にもダム、道路、トンネルの大型公共工事が相次いだ。それと同時期に建設されたのが「五郷渓温泉へルスセンター」で、集会場、ホテル、大浴場、宴会場も揃えた大規模総合レジャー施設である。四階建ての豪荘なビルだった。

経営者は地元豊浜町出身、香川県政の実力者、大久保雅彦氏。讃岐の奥座敷と称し、名物狩り場焼（猪の焼肉）を宣伝文句にして香川県一帯、東予地方からも集客、かなり繁盛していた。

私も何度か行き、入浴のあと大広間で舞踊ショーを見た。きれいな着物の美女たちが大勢並んで踊っていた。

◇

「山路君、踊りを習わないか」と建設課長の豊島幸徳さんに誘われた。

五郷渓温泉で踊りを教えていた日本舞踊の師匠が今度高瀬町に稽古場を開くので弟子を集めている、県会議員の前田敬二さんに頼まれたから、と。前田さんは県会議長の大久保さんとも親しかったようだ。

五郷渓温泉の破綻を知ったのはその時。

数日後の夕方、課長や同僚四、五人揃って駅東の大井さん宅座敷に上がった。近所の商店街の若社長達も四、五人いた。みんな興味深々。

踊りの師匠は当時有名な「西崎流」の直系師範西崎小寿世さん。若くて綺麗な人。西崎流は、全国各地の民謡踊りを日本舞踊風にアレンジして新しい民踊を創作し、普及に力を入れていた。先生の指導は厳しかった。私が最初に習ったのは博多民謡「黒田節」

酒は呑め呑め　呑むならば
　日の本一のこの槍を
呑み取るほどに　呑むならば
　これぞ真の黒田武士

扇子の持ち方、手の差し方、足捌き、勇壮豪快な踊りに近づくのはなかなか……。助役の安藤豊さんは一八〇センチ近い長身、「私は気が弱いので人前に出るのが苦手、踊りでも習ったら度胸がつくかと思って……」と。踊りの手つきはやはり武骨、先生によく叱られていた。横で見ていておかしいやら、気の毒なやら。

踊りを習い始めて一年後、昭和四十（一九六五）年五月、町制十周年の記念式典と中学校体育館落成祝い。体育館の建築は間に合ったが、周囲の整地が遅れている。建設課職員総掛かりで砂利運び、地ならしで大汗をかいた。

十周年記念式二日目は祝賀演芸会。町内の日舞各流派の競演となった。プログラム編成に苦心したと教育委員会の湯口さんが零した。なにしろお師匠さん方はみなプライドが高いので・・・と。

西崎流の出番になり私が踊ったのは宮城県民謡「さんさ時雨」。深編笠、黒紋付の着流し、腰に脇差一本の浪人姿。二十人ほどが一列で静かに進みステージで輪になる。先頭は、小寿世師匠、私は背の順で二番目。

さんさ時雨か　萱野の雨か
　音もせで来て濡れかゝる

哀調の曲に乗って粛々と踊り満座の喝采を浴びた。

23 山路家の人々――その一

「本家へ行くぞ・・・・」。五歳の私は父の自転車の荷台へ乗せられた。本家とは父の生家のこと。二ノ宮村でも羽方の方で本家と言えば森総本家のことだが、佐股黒島の我が家では父の生家を本家と呼んでいた。

本家は我が家から西へ五百メートルほど先の小高い丘にあり、白壁の長屋門が遠くからちょっと立派に見えていた。そこへは県道から左の坂道を登るのだが、その日は道路右側にある自転車屋へ行った。

そこが本家の主で父の長兄・山路宇太郎の店である。昭和十年頃だから田舎では割と進んでいたようだ。父は何か話した後、店に並べてある自転車を見ていた。買うつもりだったのかカタログをたくさん貰い私が抱いて帰った。

宇太郎伯父の元気な姿を見たのはその時だけだ。何年か後に病に倒れ半身不随になった。私が小学生の頃何度か行ったが、伯父はいつも長屋門の脇の部屋で窓から外を眺めていた。伯母が付き添って介護していた。

伯父には一女三男があり、長男・律太郎は早くから東京へ出ていた。戦時中の強制疎開により妻子を連れて帰郷していたが、終戦後また上京した。

長女のマサヱは丸亀の山下家へ嫁いだ。私は年が離れているのでよく知らなかったが、ある時、四国新聞社で川柳入賞者の表彰式があり、出席したら隣の席にいた婦人から声を掛けられた。その人が丸亀川柳会の山下昌江、向こうは私がいとこの山路だとすぐ分かったと言う。不思議な縁である。

宇太郎の次男・山路広助は若い時に満州へ行き、あちらで楽に暮らしていたが、昭和二十年八月九日、突然ソ連軍に攻め込まれ、親子三人逃げる途中で子どもが死に、その地へ埋めたとか。その悲しい顛末を一冊の本にして大事にしていた。

親しくなったのは引き揚げから三十年も後だったが聞けば文章を書くこと川柳を作ることが好きだと言う。川柳歴は私よりもずっと古い。これも奇縁だ。早速「たかせ川柳会」に入ってもらった。広助が入会したのは昭和五十六年六月、ほどなく「石の塔」に巻頭入選するなど優秀な会員であった。

それから数年後に、自分が住んでいる善通寺市にも「あ・うん川柳会」が出来、何年か後にその二代目の会長になった。

川柳と随筆、他に奇術や皿回しの芸も持ち川柳大会の余興には欠かせない人であった。

宇太郎の三男・山路伊三美は本家の跡取り。兄広助の影響で川柳好きになった。四国新聞や案山子誌に度々上位入賞した。得意芸はハーモニカ、昭和のメロディーを上手に吹く。

嫁の洋子は平成十九年「四国柳壇年間最優秀賞」。、ひ孫の哉太は平成二十一年「全日本川柳ジュニア部門・最優秀賞」の実績を持つ川柳一家である。

現在は「たかせ川柳会」副会長として私を支えてくれている。

父の二番目の兄・山路勝治は、二ノ宮村の役場の前で自転車屋をしていた。元々は染物屋だったので紺屋《コーヤ》と呼ばれる。自転車屋は本家の店を継いだのだろう。私が村役場に入った昭和二十年頃は、自転車の修繕や貸し自転車の借用でこの伯父に大いに世話になった。

勝治の長女・山路キクヱは小学校の教員をしていたが、再婚を機に朝鮮の釜山へ渡った。子ども二人を残していたので、行ったり来たりした。子どもの教育には熱心で、長男は旧制の高等専門学校、四男は東京大学へ行かせている。しかし二男の教育は失敗、二男は親の都合で小学校を何度も転校したのでイジけ、中学校ではツッパリに、不良仲間に入り通学途中にある豊中の本山寺（四国遍路札所）の本堂（国宝）の屋根や五重の塔に登ってハトを捕まえたり、覚醒剤中毒にかかって親を困らせた。

キクヱ本人は、戦後社会の新しい波に乗り、村の教育委員や婦人会長になって活躍し名をあげた。（敬称ご免）

24

山路家の人々――その二

父の弟・山路卯平の生きざまは凄い。

若いとき「青雲の志」を立て、実行した。

まず外国航路の貨物船に作業員として乗り込み、働きながら独学。船が港に着いて積荷の上げ降ろしの間にそこらの外国人と会話して、英語を身に付けた。これが明治四十年代のことだから凄いのだ。

世界中を巡り外国通になって帰ると、今度は日本一の大会社を選び、北九州の八幡製鉄(現新日本製鉄)に入社、英語力を発揮して会社の図書館司書に、其処でだんだん昇進して図書館長に。

私が小学生の頃、叔父が帰郷したとき、珍しい雑誌をどっさり持ってきた。その本には八幡製鉄印と払下げ日付が書かれていた。

叔父は敬虔なクリスチャンだったらしい。停年後は京都にある教会の管理を任されそこに住んでいた。私が訪ねて行ったとき京都市内を案内してくれた。ツツジの名所蹴上浄水場や琵琶湖疎水を見て、次に歌舞伎の石川五右衛門で有名な南禅寺へ行った。三門に立つ叔父は、チョビ髭を生やしステッキをつくダンディーだった。

卯平叔父の息子、山路基《もとい》は中学生の夏休みに九州から一人で我が家（一ノ宮）へ遊びに来た。私や私の兄など齢の近い従兄弟が居たからだ。

彼は長じて福岡の大学を出て、東京の法政大学教授になった。大学の春休みに東京から九州の家へ帰る途中、岡山から宇野高松（連絡船）経由、予讃線高瀬駅で下車、駅近くの我が家へ来た。五歳下の私の生活ぶりを見てみたかったと言う、私は川柳を始めたばかりだったので、手元の「川柳たかせ」を見せた。彼は「ホホーなかなか風刺があるねー」と私の川柳を批評してくれた。彼は東京で詩人のグループに入っているとのことだった。

さて、最後に書くのは私の父、山路亀市。父は四人兄弟の中で、一番地味な存在だった。背が低く、無口、必要なことしか言わない。律儀でよく働いていた。一日中野良仕事。家族はいつも手伝わされていた。

それほど働いても貧乏だったのは子沢山のせいだろう。私には兄弟が多い。一番上の姉とは十六違う。姉ヒデノは九州の卯平叔父の家に寄寓、洋裁学校へ通った。私が三歳の時シャレた洋装で帰ってきた。そして弟妹五人を連れて観音寺有明浜へ海水浴に行った。そのときの写真は私の宝物である。姉はそれからまもなく新名の真鍋家へ嫁いだ。

長兄春男は海軍志願兵だった。この兄も一緒に暮らした覚えは無いが、ある夏、下士官姿で帰郷した。服も帽子も靴も真っ白。凛々しかった。小学校を見に行くのについて歩いた。二ノ宮小学校は講堂を建築中だった。

昭和十六年に太平洋戦争が始まり、兄は帰ることなく、昭和十七年十一月、乗っていた潜水艦がアメリカ軍の飛行機に爆撃され、太平洋の底深く沈んでしまった。

二番目の兄登は私を肩車したり、一緒に花を植えたりしていたが、やがて釜山の税関に勤めた。そして陸軍に徴兵された。兄はどうせならただの兵隊よりも、と「憲兵」になった。憲兵とは軍隊内の警察だが権限が強く、兵隊や一般国民にも恐れられていた。あの優しい男が憲兵など勤まるのかと心配していたが、憲兵の腕章を着け、腰にサーベルを吊った勇ましい姿の写真が届き、父母も安心したようだった。

戦争が激しくなり不安な日々が続いて、昭和二十年八月十五日終戦。兵隊が続々と復員。近所親戚みな喜ぶ中、登兄はなかなか帰らない。

秋も深まったある日、村役場の人が二人来て父にひそひそと話しをした。登兄は春まだ浅い三月に北支那で戦死したという知らせだった。

その夜、父はそれを家族に伝え終わると、突然声を上げて泣いた。私達は唖然として顔を見合わせた。父が感情をあらわにしたのは初めてのこと。よほど辛かったのだろう、悔しかったのだろう。

長男のときは名誉の戦死と称えられて我慢するしかなかったが、次男は八カ月も前に死んでいたなんて…、大事な息子が二人も戦死したのだ、父の心情察するに余りある。

朴訥に働き通した父は七十七歳で世を去った。今年の暮れは五十回忌にあたる。

（敬称ご免）

25 うばめがし

「ババ」と呼ぶのは方言だろうか。川柳仲間で庭師の児山正幸さんに聞いても、別の庭師さんに聞いても「ババ」だという、しかし辞書や植物図鑑には見当たらない。辞典でそれらしいのは「姥女樫《ウバメガシ》」だ。

今年七月、文化財保護協会の研修旅行で、大分県へ行った帰りに、バスが立ち寄った愛媛県双海町の道の駅で、偶然、枝摘みしているのを見かけた。

「それはなんという木ですか?」

「ああこれはババガシです」

やっぱりそうだ。「ババ」「ババガシ」「ウバメガシ」はみな同じなんだ。『ババの木物語』を書き始めてからずっと気になっていた名前の疑問がやっと解けた。

ババは常緑広葉樹、枝や葉が密生するので庭木や生け垣によく利用される。庭木といっても、黒松や貝塚のような主木ではない。大方は低目に造り込まれたいわば脇役。

東かがわ市、引田町の「讃州井筒屋敷」の奥庭に、ほぼ直立で屋根より背の高いババがある。枝は短く互い違いに重なっている。そこは江戸時代からの豪商の屋敷だからお庭も立派だ。庭の木々もそれなりの樹齢を重ねているのだろう。

高知県田野町の「岡御殿」も豪商の家だがこちらは藩主が参勤交代の道中で休息する所でもあった。一段高い座敷から見える「青龍の庭」に大きなババが五本、龍の形に植わっている。一番前のは龍の頭、口を大きく開け、後の四本が背中や尻尾。勢いよく宙を飛んでいる形に造り込んである。ここの家屋は百七十年前に建てたそうだ。すると庭のババもそれからずっと龍の形を続けてきたのだろうか、庭師もご苦労なことだ。

ババの木は元来、山野に自生するもので、特に海辺の崖地に多く生えている。詫間町の荘内半島突端、三崎灯台周辺はババの木がびっしり。近ごろは整備されているだろうが私が一人で行った五十年前はババの繁みを掻い潜って歩いた。

でもそこからの眺望がすばらしかった。岡山県や広島県に手が届きそう。瀬戸内海を行き交う船舶はみなここを通るのだ！　坂本竜馬の「いろは丸」が沈んでいるのも其処（おっとこれは余談が過ぎた）。

高知県の最西南端、大月町の「大堂海岸」は白くて美しい断崖が五キロメートルも続いている。その崖を覆っているのがババ。そこは野猿の生息地。たぶんババの団栗を食べているのだろう。展望台から降りて来たら私の車に猿がたかりついていて怖かった。

◇

昨年四月、二ノ宮ふるさと祭り「茶畑ウォーキング」に参加した。小学校を振り出しに長畑茶園へ（ここはテレビによく出る〇に茶の字の茶畑名所）。

そこで観音寺市から来ていた石村氏に出会った。彼は六十数年前に萩原村役場（後に大野原町）へ勤めていた人。私は二ノ宮村役場（後に高瀬町）だったからそれ以来の長い知り合い。

茶畑付近は私が昔よく歩いた所、道が整備され様子が変わっているが大体は分かる。石村氏一行と一緒に歩くことにした。

茶園団地―賢目はん―長峰神社―宮奥―大水上神社、五キロ。あと茶工場まで二キロもバスに乗らずに歩くという。

石村氏七十九歳、私も同じ。一行の女性たちは少し若くみな元気。あの人たちは茶畑や筍がニョキニョキ生えている竹藪が珍しいのだ、丘に散在する農家の佇まいに心が和むと言う。

大水上神社境内をあれこれ案内しお旅所の香川県保存木「ネズの木」樹齢五百年を見る。話のついでに私が「ババの木も長生きするが幹は太らないし曲がりも多いので用材には向かん、あまり役にたたん木だ。」と言ったら石村氏が「でも焼いたら上等な炭になるよ」と言われて私はハッと気がついた。

紀州の薪炭商、備前屋長兵衛が売る木炭は評判良く、それが「備長炭」の始まりとか、今も和歌山県の特産品だ(そこもやっぱりバベの木が多いのだろう)。

昨年秋、視察に行った高知県室戸岬近くの吉良川町は「街並み保存地区」。白壁や水切瓦の家が多い。台風から家を守るための工夫が美しい町を残した。ここは江戸時代に木材薪炭の集積地で繁栄した所。

いまも木炭生産地。町を歩くと軒下に小さな木炭を五、六本紐で吊ってある。風が吹くとチリンチリンと涼しい音を出す、それが備長炭風鈴だ。

木炭は電気のない昔は火鉢の必需品だった。火鉢を使わない今、木炭はすたれ備長炭などの上級品だけがお茶席や料亭で使われている。

バベの木をあまり役に立たないなんて言ったのは大間違いだった。「うばめがし様」ご免なさい。

26

道しるべ

高瀬町二ノ宮農業構造改善センターの斜め前に石灯籠が立っている。昔の金毘羅街道の名残り、ヤトウサンとも呼ばれていた。

先日、その石灯籠の前へ車を止め、近づいてみた。「常夜燈」と太く彫り込んである。そばの新しい石碑に「この常夜燈はもと、これより南方五十一米の所に奉献されていたが云々」と刻まれている。そうだそうだ、六十年程前に見た記憶が甦った。同時に、四ッ辻の一角に道標が立っていたことも思い出した。

すぐに四ツ辻へ行くと、ちゃんと立っていた。コンクリートの台座に平成二十年と書いてある。復元されたようだ。

道標には手で指す絵と、ひらがなで（東）琴平、善通寺道、（西）伊予、本山道とある。側面に歌が彫られているが、変体仮名まじりの草書体だから読みづらい。

翌日もう一度行き、その所にスプレーで水をかけ半紙を貼り付けたら文字が白く浮き出た。急いで字の形をノートに書き取る、でもやっぱり読めない字が多い。家に帰っていろいろ推理したら何とか意味の通じる歌になった。日付も当て推量だがどうやら合っているようだ。

何事も迷う戊申の世の中に
たゞたよるべき道しるべかな

明治四十一年の秋　山〇士〇△

念のため広辞苑の「ぼしん」を開いて見たら「〈戊申詔書〉明治四十一年戊申の年十月十三日、明治天皇が出した詔書。日露戦争後、国民が戦勝に酔い、人心が次第に浮華に流れるのを戒め、国民的道義の大本を示したもの」とある。

さて、百一年後の今日、日本は平和だが、事件事故続発、新型インフルや、世界的大不況の中で喘いでいる。

新しい道しるべが出来てもいいと思うのだが……。

26

電算センター

「電算センターへ行って呉れないか」

昭和五十九年一月仕事始めの日に、総務課長から言われた。

私は当時、町役場の「出納室長」。収入役を補佐し実務を処理する役。その年の高瀬町の予算総額は六十一億円。その収入金を毎日正確に把握し日々の支出金を調整する。部下は少人数でいつも多忙だが遣り甲斐があった。仕事は面白いし気心の知れた仲間に囲まれて何の不満もない。ここをやめて余所へ行くなど思いもよらぬ。すぐ断った。

しかし世の中思い通りにはならぬ。

三豊広域電算センターは、観音寺市と三豊郡内の九町が役場事務をコンピューターで共同処理する所。設立三年目。住民記録、国保、国民年金、住民税、資産税など事務量の多いものから順次取り組んでいる。市町村がコンピューターを共同利用するのは珍しいので全国から注目されていた。

その電算センターのＦ所長が三月に定年退職する。後任選びは、①コンピューターが分かる者、②運営管理能力がある者、③市町の事務に精通している者。を探したが組合内にはこの三条件に適う者が見当たらず、結局③だけの私にお鉢が回ってきて、とうとう出向することになった。

昭和五十九年四月一日、私は観音寺の三豊広域事務組合へ行き、辞令を受けた。

「三豊地区広域市町村圏振興事務組合三豊地区電子計算センター所長」という舌噛みそうな長い名前の肩書が付いた。

電算センターは観音寺市役所横の新築四階ビルにあり、二階に事務室、会議室、作業室、奥に「電子計算機室」がある。温度管理・防塵管理厳重の中でオフィスコンピューターが静かに高速回転していた。

職員は所長、係長二名、SE（システムエンジニア）九名、委託会社の派遣SE三名、事務員一名、計十九名、他にメーカー（F社）の保守要員が随時出入りする。新米所長の私はまず顔と名前を覚えねばならない。

初日は広域組合事務局、観音寺市役所、豊浜、大野原、山本、財田、豊中、高瀬、三野、詫間、仁尾の各町役場と広域の消防署、運動公園、老人ホーム等の施設を回って就任挨拶。最後にやっとセンター職員の前で顔合わせ。ここは若い人ばかりで少し気が緩んだ。

そのときである。若い女子事務員が前へ来て「所長にお願いがあります、四月十五日に結婚します。披露宴に出席して下さい。そして祝辞を言ってください。」

――エエッ！

続いて「結婚相手は広域事務局の大西○○です。」更に「媒酌人は広域組合管理者（観音寺市長）にお願いしてあります」。私は驚き卒倒しかけた。

私は人前で話をするのが大の苦手、ましてや披露宴の祝辞などとてもとても。しかも観音寺市長の加藤義和さんはあの「加卜吉」の社長でもあり演説上手で有名。その人の前で私がスピーチするなんてとんでもない。返事に困って辺りを見回しても若い者ばかりで私の苦衷など分る筈もない。やっとY係長に事情を聞くと、前の所長が祝辞を引き受けていたのだとか。

披露宴は観音寺グランドホテル大広間。出席者大勢。私は一番前の席で小さく固まっていた。

そしてそのときが来て司会者に呼ばれ、重い足をマイクの側へ。「大西○○君、○○マサコさん御結婚おめでとうございます」ここまでは言えたが後が出ない。本来なら新郎新婦を褒めるところだが私は当人たちをほとんど知らないのだ。しどろもどろに「マサコさんは綺麗な文字を書く人です。きちんとした文書の字を見て感動しました」やっとこれだけ言った。あとはどう結んだか覚えていない。

乾杯のあと客同士杯のやりとりになり、私の席にも沢山来てくれたが、その中に、昔私が通った高瀬高校の前川憲章先生が居られた。「新郎は観音寺第一高校での教え子だ。今日は図らずも二人の教え子の晴れ姿を見ることが出来てとても嬉しい」と。私の方こそ嬉しかった。先生は三十年も前の一生徒の私を覚えてくれていたのだ。感激したあとセンター職員たちと談笑しながら「与えられた大役だがひるまず立ち向かおう」と覚悟をあらたにした。

電算センターはそれから三年目（昭和六十二年）にオンライン化した（いまのインターネット）。

市役所や町役場に端末機（今のパソコンとプリンター）を設置、各役場とセンターとを電話線でつなぎ住民票や証明書類が即時に交付できるという画期的なものだった。

膨大な費用、センター職員たちの苦心、市町職員の協力のおかげでこんな大きな仕事ができた。

三豊広域事務組合は、その年自治省から表彰された。

あれから二十余年、いま三豊市役所にはＩＴ機器がぎっしり並んで事務を能率よく処理している。先日、戸籍抄本を取りに市民課へ行ったら、本人確認の運転免許証を見せるだけですぐに発行してくれた。

時代の移り変わりは驚くばかりである。

三豊市役所玄関脇の「バベの木」は、もうかなりの老木だが今年も新しい枝を伸ばしている。「頑張れよ！」「頑張ろうな！」ときどき声を交わしに行く。

バベの木と共に

二ノ宮村役場
（昭和25年頃）
右手·農地改革記念碑

高瀬町役場
（昭和45年頃）
右手·教育の町宣言塔

三豊市役所
（平成24年頃）
正面玄関は左手奥

川柳句集

八十路坂

老いの地図

（平成十九年）

真っ直ぐな道だけになる老いの地図
働いた昨日を忘れ老いすすむ
見たこともない老人がいる鏡
焚き火囲んで大笑いした日もあった
三ガ日終わって元の二人きり
年賀状また長生きの欲が出る
ケータイにそろそろ馴染む老いの指
新聞の隅に善行見つけた日
冬には冬の花を咲かせて老いふたり

頑張って曲がりなりにも任期終え
のんびりするなと郵便受けが混む
誕生日老いの絆を確かめる
錠剤一粒あしたの命こぼすまい
四月馬鹿たのしい嘘はないものか
菜畑に赴任の頃を巻き戻す
温泉の気分が好きな二本足
進む時計遅れる時計同居する
団塊の世代へ我が身置いてみる

知恵借ってみても割り切れない悩み
若葉から青葉へ我もリフレッシュ
五十音順が不満なときもある
父の日は棘のないバラ貰いたい
病名を一つ返して夏迎え
あと十年元気で居たい万歩計
散髪にまだ若返る余地があり
買うつもりないがカタログ捨て切れず
曇天が続く　やさしさかも知れぬ

思わぬ人からひょっこり夏だより

年寄りの期待へ伸びるバス路線

地球儀を回して旅を懐かしむ

茄子トマト収穫妻の手に余り

長いながい夏だったなあコオロギよ

ドラマチックな半生自慢にはならぬ

剪定鋏のリズムを止めた返り花

転勤に夢ふくらんだ子の電話

よく笑う妻でバランス取れている

なるようになり幸せな今があり
散り際の美学なんぞは言わぬ菊
花一輪生けて楽しい朝にする
そのときへ防災袋たしかめる
今日もまた一緒に洗う夫婦箸

喜寿への道

（平成二十年）

春近し予定あふれるカレンダー
年賀状だけの絆となった人
ネジ巻いて巻かれて夫婦喜寿の道
新しい機能に老いを試される
歩くのが一番効くと処方箋
孫二十歳徴兵制度ない国で
ナショナルが消える昭和が遠くなる
目も耳もふさいで世相やりすごす
いつの間に迎えた喜寿という節目

あの頃は元気だったな旅日記
老いてなお肩叩きあう友がいて
雪のない地に住み夏の水案じ
はがき一枚書くのが今日の大仕事
生き甲斐の趣味を重荷と思う日も
誰にでも好かれていますす笑い皺
梅咲いて歩くに丁度よい温さ
世間は鬼ばかりのドラマまだ続く
野仏の頬笑みに会う春の靴

連凧の一つとなって凧に乗る
保険証もキャッシュカードも離せない
積み上げて待たされていた再生紙
身の内の釘がゆるんで老いを知る
百名山踏破の友に元気聞く
後期とて苦にせぬ仲間喜寿傘寿
花好きの妻とあじさい褪せぬ間に
それなりに晴れた日もあり共白髪
お隣は無人梅の実落ちている

夏柄のネクタイしばらく締めてない

今日も暑いぞ蝉が朝から騒ぎ立て

チャンネルを変えても騒がしい世間

千年紀紫式部に恋をした

篤姫のドラマに史実問うてみる

暑い日が続いたせいにするメタボ

村だった道を忘れぬ彼岸花

ボランティアしてますまだまだ元気です

長い夏終わって無事を尋ね合い

秋晴れに古い脳味噌干してみる
持たぬ身の気楽さ株価乱高下
木犀が匂う隣の高い塀
Uターンせよと祭りの笛太鼓
寿限無じゅげむ読みにくい名が多くなり
百歳の仲間を自慢　色紙展
重役になった息子の身を案じ
独楽鼠ここらでちょっと一休み

シルバーマーク……………………（平成二十一年）

シルバーマーク背中に貼って闊歩する
宿題をいっぱい抱え年を越す
騒がしい世だ補聴器はやめておく
また一人身内が医者に捕まった
派遣切れのニュースに冷める餡雑煮
番号違いのハガキがやっとたどり着く
牛のごとく反芻ばかりして生きる
一錠が支える命年齢重ね
梅一輪見つけ心にパッと春

楽しいニュースないか老眼鏡を拭く
鴨たちを起こさぬように回り道
熱燗の匂いに覚悟ゆれてくる
招き猫きっと痺れが切れている
福は内両手に余る齢の数
政治不信つのる背中の戻り寒
出番まだあるかも靴を光らせる
有難うの一声出せば凪が凪ぐ
トータルにすれば感謝の二字になる

八十へまだ変身の夢を抱き
免許更新老いも篩にかけられて
大型連休テレビで渋滞見て過ごし
メーデーが来ても聞こえぬ労働歌
街路樹が芽吹き新入生の列
新緑の多彩に弾むウォーキング
思い出がときどき響き出す土鈴
古里の香りを送る宅配車
天地人ドラマの愛を熱く観る

浅学の影が消えない足の裏
新体験加齢も捨てたものでない
雨もまた風情と思い旅予約
お日様も笑ってくれた金婚旅行
老いてなお胸の蛍を光らせる
早明浦が気になる今日も水を撒く
浜木綿の花　島唄が恋しくて
歯を入れてやっと笑顔に戻れそう
好奇心チャンネル変えてばかりいる

宇宙人になってしまった叔母見舞う
防空壕のことなど言えば笑われる
父の齢こえてペースを長距離に
世論調査の電話へ老いの耳を貸す
俺の名を間違えたままきた葉書
出目金ランチュウ人間の罪ゆらゆらと
敗戦を知らず苔むす兵の墓
アルバムを開けば動く走馬灯
笑うとこ違うふたりでテレビ見る

行く先を確かめぬままバスに揺れ

ポツリポツリとパソコン老いも仕方なく

カードばかりで膨らんでいる古財布

まだ開けぬつもり私の玉手箱

順調に老いております診断書

テレビ買換える明日を見るために

ふくらんだままの軍手が落ちている

老眼鏡やっと世間が見えて来た

常用漢字が増えると困る僕の辞書

いい朝だ銀杏落葉を踏んで行く
荒れた手だ働いた手だ撫でてやる
大根も諸も我が家の味になる
共働きを珍しがられた日も遠く
おかげさまの年金苦労の過去言わぬ
八十になっても好きな恋の歌
まだ坂がありそうオイル足しておく

八十路坂……………………（平成二十二年）

長老の次なる席に座らされ
行列のまん中辺りで時計見る
コンサートのポスターへ耳傾ける
初日記嬉しいことの続くよう
自分史をたどると寒い少年期
天辺も底もしらないまま傘寿
老眼を擦って線を引き直す
ああ八十まだ続きそう泣き笑い
残り時間まだある本も積んである

梅桃さくら今年も順に咲いて欲し
過去形の言葉ばかりを杖にして
温もりを呉れた手紙はポケットに
春風が孫の合格つれて来た
納豆の粘りに挑む旅の朝
今日もいい音で晩鐘聞いている
氷上の舞いに見惚れて腰のばす
元気そうに見えるか旅に誘われる
大地震のニュース見ながら動く箸

郷土史を開けば若い日が踊る
飢えた日は本屋の海で溺れかけ
郵便受けに元気の種がまた一つ
ペン先が気分転換ばかりする
歳月や栄えた店はこの辺り
花いっぱい苗はみんなが呉れた庭
ジーパンの破れ納得できぬ老い
はるばると薄墨桜のいのち見に
空っぽになりたい夜は歌謡ショー

鯉のぼり孫も大学生になり
七変化アジサイの花枯れるまで
書き込みが過ぎて辿れぬ古日記
運鈍根つなぎ合わせて八十年
限られた時間だ仕分けしなければ
デジタルの体重計はそっけない
いい雨に野菜畑も歌い出す
古びたが絹のハンカチまだ捨てぬ
西暦で書くと自分史らしくない

サッカーに枕蹴られて眠れない
世界いま平和ブブセラよく響く
お茶よりも安いビールを買ってみる
乾杯の音頭とるのも年の功
窓越しに隣の曾孫笑う声
四季の歌みな知っている万歩計
パスポート更新老いの野望とも
八月忌よくぞ続いて来た平和
水やり草抜き花の庭にもある戦

水遣ったケイトウ真っ直ぐ秋へ伸び
猛暑酷暑お日さま誰が怒らせた
冷房に籠りいのちを延ばした日
手を広げ今日は嬉しい雨に濡れ
笑い声ひびいて妻の長電話
郷土史に遠い昔を手繰り寄せ
不平不満あるが嬉しい長寿国
平均寿命こえた自分を褒めてやり
もうちょっと頑張りましょう合言葉

理容師に任すしかない薄い髪
友が来る灰皿出そうか出すまいか
温かい反響があり弾むペン
出る事が続き栞の動かぬ日
木枯らしは独り暮らしの叔母の声
街路樹紅く賑わう町の文化祭
兎追いし古里恋うて五十年
菊の鉢軒下へ寄せ休ませる

第三の人生……………………（平成二十三年）

餡雑煮か年明けうどんか初迷い
新春という清冽の中にいる
頑張って八十の道切り開く
満月の兎と昔話しする
久しぶりの息子と並ぶうどん店
梅さくら新緑も好き忙しい
眼帯をはずした妻が先に行く
八十路なお自分探しの旅つづけ
三差路でまた迷い出すペンの先

白い山脈から懐かしいメッセージ

新道開通子の住む町が近くなる

マラソンの列に譲ってウォーキング

身の内の鬼を宥める夜の底

記憶力褒められ老いを自認する

四十年よくがんばったペン胼胝よ

昔話を絞り出してる原稿紙

スーパーで雛あられ選る孫孝行

踏んだのは四つ葉クローバだったかも

高齢マーク貼ってハンドル握りしめ
下り坂そんなに急ぐことはない
坂の上の雲日本の明日を読む
大震災かける言葉も見つからず
満開の桜　被災地重ね見る
バスツアー大震災に詫び乍ら
三陸観光あの日沖まで凪いでいた
みちのくの旅甦り悼む日々
哀傷の胸に余震はまだ続く

とりあえず自分を癒す義捐金
頑張ろう日本　己にネジを巻く
先送りばかりで今日を切り抜ける
ラジオ体操今日のリズムを整える
朝ドラの昭和わたしの少年期
災害のない地に生まれいま傘寿
老い二人コップに泡を盛り上げる
呑み込んだことばしばらく胃に溜る
葉書一枚一語一字にこころ込め

茄子トマト胡瓜も育つ我が宇宙
古鎌を研いで雑草とのいくさ
夕立のようなお人だすぐ晴れる
募金箱見るたび小銭入れる癖
ツクツクボーシ夏の宿題急き立てる
水遣りの日課余生も忙しい
泣き笑いの人生すでに四コマ目
夏草が気になる妻へ炎える天
老いてなお戦争嫌いの詩つづる

色褪せて嫌いになった曼珠紗華
残り時間絞って趣味のボランティア
働き蜂の一生なれど悔いもなく
どうしよう電子書籍が軽そうだ
メロディーは「家路」一日無事に暮れ
次に読む本の順番思案中
いい日いい旅ともだち十人出来ました
三拍子で踏みしめて行く登山道
讃岐富士バンザイわが脚まだ確か

第三の人生さがし坂登る
この国の明日のことも聞いておく
カタログを並べて夢の仕分けする
錠剤を朝夕かぞえ予後大事
老いにネジ巻いてこの世へ恩返し

あとがき

『川柳たかせ』誌に三年程前から郷土に因む四方山話を「ババの木物語」として連載したら、川柳仲間や郷土の皆さんに喜ばれた。激動の昭和時代の波に揉まれて生きた一人の体験談が共感を呼び、忘れていた昔のことや知られていないエピソード等が受けたようだ。

未熟な文章ながら多くの方の勧めに従い、一冊にまとめることにした。新葉館出版の松岡恭子さんに助言してもらい、私にとっては八十歳にして初めての文集が出来た。

後半の句集『八十路坂』の方は川柳たかせ誌の石の塔（安藤富久男選）から近年分を抜粋した。

ためらい乍らも、後期高齢者の「思い」が出ている句を並べた。

川柳仲間の皆さんや、お世話になった郷土の各位へ感謝の気持ちを届けたい。

平成二十四年三月吉日

山路　恒人

【著者略歴】
山路　恒人（やまじ・つねと）

本名　恒利

昭和６年３月　香川県三豊郡二ノ宮村に生まれる
昭和12年４月　二ノ宮小学校入学（この年日中戦争始まる）
昭和20年１月　二ノ宮村役場へ入る（13歳・在学中）
昭和30年３月　町村合併により高瀬町職員となる
昭和59年４月　三豊広域電算センター所長（５年後退職）
平成元年５月　瀬戸内短期大学職員（平成３年３月まで）

川柳歴
昭和40年９月　たどつ川柳会入会
昭和42年８月　たかせ川柳会入会
昭和42年９月　ふあうすと川柳社同人
平成23年７月　たかせ川柳会会長

現住所　　香川県三豊市高瀬町新名758

山路恒人句文集
バベの木物語
川柳句集八十路坂

○

平成24年8月11日　初版発行
著　者
山　路　恒　人
発行人
松　岡　恭　子
発行所
新　葉　館　出　版
大阪市東成区玉津１丁目 9-16 4F　〒537-0023
TEL06-4259-3777　FAX06-4259-3888
http://shinyokan.ne.jp/
印刷所
BAKU WORKS

○

定価はカバーに表示してあります。

ISBN978-4-86044-466-2